Ein Teil von dir / Cindy Hildmann

Über die Autorin:

Cindy Hildmann wurde 1992 in Hamburg geboren. 2018 schloss sie das Masterstudium Psychologie in Braunschweig ab, wo sie seither lebt. Sie arbeitet als psychologische Betreuerin in der Jugend- und Eingliederungshilfe. Bereits in der Schulzeit verfasste sie ihre ersten literarischen Texte. *Ein Teil von dir* ist ihre erste Buchveröffentlichung.

Cindy Hildmann

Ein Teil von dir

2. Auflage

Bibliografische Information der Deutschen Nationalbibliothek:
Die Deutsche Nationalbibliothek verzeichnet diese Publikation in
der Deutschen Nationalbibliografie; detaillierte bibliografische
Daten sind im Internet über http://dnb.dnb.de abrufbar.

© 2020 Cindy Hildmann
Herstellung und Verlag: BoD – Books on Demand, Norderstedt

ISBN: 978-3-7519-0339-4

Prolog

Vorsichtig öffnete Karin die Tür zum Badezimmer und tastete in der Dunkelheit nach dem Lichtschalter. Es klickte und der Raum wurde erleuchtet. Verschlafen kniff sie die Augen zusammen und wartete einige Sekunden. Ihre Augen gewöhnten sich nur langsam an das Licht. Schließlich konnte sie etwas sehen und trat weiter in den Raum hinein. Der Stoff des Vorlegers gab sanft unter ihren Füßen nach, als sie sich vor den Spiegel stellte und sich betrachtete. Ihre Augen waren noch halb geschlossen, ihr Gesicht ausdruckslos. Mit einer schnellen Bewegung drehte Karin das Wasser auf und wusch ihr Gesicht ein wenig. Mit zusammengekniffenen Augen streckte sie ihren Arm nach rechts aus und suchte nach dem Handtuch. Schließlich fand sie es und konnte sich abtrocknen.

Wieder betrachtete sie sich im Spiegel. Ruhig strich sie sich ihre kurzen, braunen Haare hinter die Ohren; erst rechts, dann links. Ihre Augen waren nun weiter. Doch noch immer lag ein Schatten über ihnen, als sollten sie in diesem Moment noch nicht aktiv sein. Als sollte sie in diesem Moment nicht hier sein. Karin schaute aus dem Fenster des Badezimmers und sah, wie sich die Sonne langsam am Horizont erhob. Ihre Augen zuckten reflexartig. Schnell drehte sie ihren Kopf zur Seite und drehte sich zurück zum Waschbecken.

Sie nahm ihre Zahnbürste und gab etwas Zahnpasta darauf. Wie in Trance schob sie die Borsten in ihren Mund und begann ihre Hand nach links und rechts zu bewegen. Sie stockte. Nur langsam senkte sie ihren Kopf und spülte sich den Mund aus. Sie schaute in den Spiegel. Wassertropfen umspielten ihren Mund und ihr Kinn. Zögernd hob Karin ihre rechte Hand und schob ihre Oberlippe sanft nach oben. Ihre andere Hand berührte vorsichtig den spitzen Eckzahn, der sich darunter verborgen hatte. Sie zuckte schmerzvoll. Sie zog den Finger zurück und betrachtete das Blut daran. „Sie sind wieder gewachsen.", dachte sie und starrte weiter auf die kleinen, roten Flecken auf ihrem Fingernagel und der Haut darunter.

Karin ließ ihre Lippe wieder los und schaute in ihre Augen. Sie rührte sich nicht. Plötzlich hob sie ihre rechte Hand und schlug ihre Nägel gegen den Spiegel. Sie stieß einen kurzen Schrei aus und senkte den Kopf. Ihre Augen waren geschlossen. Behutsam hob sich ihr Blick wieder und sie nahm die Hand von ihrem Spiegelbild. Ein Halbkreis aus fünf kleinen Bruchstellen hatte sich darauf gebildet. Erschrocken betrachtete Karin ihre rechte Hand, doch ihre Finger sahen normal aus. Sanft ergriff sie mit ihrer linken Hand ihre rechte und schloss die Augen. Sie schluchzte leise, doch keine Träne drang durch ihre Lider. Sie öffnete die Augen wieder und sah noch einmal in den Spiegel. Ihr Gesicht war kalt und emotionslos. Sie drehte sich um und ging wieder zur Tür.

Als sie sie öffnete, sah sie Amelie davor stehen, die gerade die Klinke umfassen wollte. Erschrocken sahen die beiden Mädchen sich an. Karins Gesicht wechselte wieder zur Ausdruckslosigkeit und sie strich sich eine dünne Strähne hinters Ohr. Hastig schob sie sich an Amelie vorbei und verschwand in ihrem Zimmer.

Amelie trat durch die Tür, ohne sich umzusehen, und schloss sie leise hinter sich. Ihr Blick wanderte ruhevoll durch den hell erleuchteten, weiß gefliesten Raum, der von einem matten Schimmer durchzogen wurde. Ein orangener Lichtkegel fiel durch das Fenster schräg in den Raum. Amelie betrachtete den Spiegel. Ohne ihre Augen von ihm zu nehmen, ging sie mit leichten Schritten auf ihn zu und blieb wenige Zentimeter vor ihm stehen. Ihr Blick war trübe, doch lieblich. Der Hauch eines Lächelns lag auf ihren Lippen, als sie die Hand hob und ihre Finger auf die Kratzer im Spiegelglas legte. Mitleidig betrachtete sie, wie ihre Finger genau in die Kerben passten. „Es ist nicht fair…", dachte sie, als sie ihre Hand betrachtete. Sie atmete kaum hörbar durch ihren leicht geöffneten Mund.

Unbedacht hob sie ihren Blick auf ihr eigenes Bild. Ihre Augen weiteten sich langsam, als sie die zwei weißen Schatten hinter ihrem Rücken wahrnahm. Sie hielt einen Moment lang die Luft an. Dann zog sie ihre Hand ruckartig vom Spiegel zurück und krümmte sich leicht zusammen. Wild tastete sie mit ihren Händen ihren Rücken ab, wühlte in ihren blonden Haaren, griff in den Stoff ihres Nachthemdes. Sich selbst mit den Händen umschlingend hockte sie sich erst hin und ließ sich schließlich auf die Knie fallen. Ein leichter Ruck ging durch ihr ansatzweise gelocktes Haar und ließ die weißen Schimmer darauf elegant tanzen. Mit aller Kraft presste Amelie ihre Augen zusammen, aus denen immer mehr glitzernde Tränen ihre Wangen hinunter rannen. Nur schwer konnte sie vermeiden zu schreien. Krampfhaft bohrten sich ihre Fingernägel in die Haut an ihren Schultern.

Sie zuckte zweimal und erhob sich langsam. Nur stockend lösten sich ihre Hände von ihrem Rücken und sie ließ die Arme sinken. Sie betrachtete ihr Gesicht und berührte es vorsichtig im Spiegel. Ihre Hand glitt die Spiegelfläche entlang, bis zu der Stelle, an der die Kratzer gewesen waren. Sie stockte, als sie das makellose Glas unter ihren Kuppen fühlte. Schließlich ließ sie die Hand ganz sinken und drehte den Wasserhahn auf, um ihr Gesicht zu reinigen...

Kapitel 1

„In der offiziellen Welt stellen Menschen, Tiere und Pflanzen die Hauptlebensformen auf der Erde dar. Doch eigentlich gibt es noch mehr Wesen in unserer Mitte, die die meisten nur für Fabelwesen halten. Sie leben verborgen, unerkannt... Und das müssen sie auch, denn die Geschichte hat gezeigt, dass die Menschen, die diesen Wesen in der Überzahl sind, jene Wesen meist aus Angst töten..." Mit diesen Worten begann damals die Rede des Schulpsychologen vor mir, der mir an jenen Tag mitteilte, dass ich kein Teil der *offiziellen Welt* war. Ich sei etwas Anderes, Besonderes... Doch ich dürfte es nie jemandem zeigen. Die Wesen, von denen er sprach, waren in der Tat Wesen, die häufig die Hauptpersonen der Märchen waren, die mir als Kind vorgelesen wurden. Wer hätte gedacht, dass sie mich mein Leben lang begleiten würden?

Der Psychologe war mir unheimlich gewesen. Ich hatte ihn noch nie zuvor gesehen, denn ich war gerade erst von der Grundschule in das Gymnasium unserer Stadt versetzt worden. Mein zehnter Geburtstag war etwa einen Monat her. Ich hatte mich gerade mit einigen Mädchen in meiner Klasse angefreundet. Eine meiner besten Freundinnen aus der Grundschule hatte sich von mir abgewandt, um mit einer anderen Clique zu verkehren. Ich mochte diese Clique nicht und sie mich auch nicht.

Ich glaubte dem Mann natürlich nicht. Selbst als Zehnjährige ist man nicht so beeinflussbar. Ich sollte zukünftig mit weißen Flügeln und einem Heiligenschein durch den Himmel fliegen und Glückseligkeit verbreiten? Das war zumindest die Vorstellung eines Engels, die ich aus dem Religionsunterricht mitgenommen hatte. Doch der Psychologe korrigierte mich sofort und mein Lachen verstummte. Was mir widerfahren würde, wie mein Körper und ich mich entwickeln würden... Ich hielt das, was er sagte, für einen Scherz, doch ich konnte nicht lachen. Es machte mir Angst. Heute weiß ich, dass ich das Ausmaß meiner *Besonderheit* damals noch nicht vollständig erkennen konnte. Hätte ich es gekonnt... Ich wäre schreiend weggelaufen. Doch vor sich selbst zu fliehen, ist unmöglich!

Ich saß auf dem für mich noch zu großen Stuhl und versuchte möglichst entspannt zu wirken. Ich wollte ihm nicht glauben, denn was er erzählte, konnte nicht der Wahrheit entsprechen. Dennoch war ich verunsichert. Die Vorstellungen in meinem Kopf waren zu konkret, zu real... Die kindliche Phantasie ist grenzenlos, auch wenn sie diese Grenzenlosigkeit noch nicht völlig ausnutzen kann. Er wollte, dass ich ihm zuhöre und ihm glaube. Wie hätte ich das gekonnt?

Er erklärte mir, dass ich niemandem von mir oder dem, was er gesagt hatte, erzählen dürfte. In Gedanken legte ich mir schon die Worte zurecht, mit denen ich meinen Freunden von diesem Freak berichten würde. Ich hörte genau zu, um seinen Wortlaut bei meiner Geschichte wiedergeben zu können. Zum Abschluss unseres Gespräches bat er mich, in den Raum nebenan zu gehen, um eine besondere Person zu treffen. Er sagte, es sei völlig normal, dass ich ihm nicht glaubte. Doch die Frau, die auf mich wartete, sollte mich von der Echtheit des Gesagten überzeugen... und von dem Ernst, der in ihm lag. Sie teile das gleiche Schicksal wie ich. Mit einem amüsierten Lächeln stand ich auf, verabschiedete mich und ging in den Raum nebenan. Als ich die Tür hinter mir schloss, begann ich jedes einzelne Wort zu glauben...

Kapitel 2

„Geh schon mal vor!", bat Amelie Rebekka und blieb vor dem Eingang der Cafeteria stehen. „Ich geh noch schnell zu meinem Schließfach." „Ok.", erwiderte diese schnell und machte einen Schritt Richtung Tür. Sie stoppte, als sie den großen Jungen mit den dunklen Haaren, die sich trotz seines etwas stampfenden Ganges nicht bewegten, an sich vorbeigehen sah. Er ging direkt auf Amelie zu, die gerade die Tür ihres Schließfachs öffnete, und Rebekka verschwand.

„Hi, Amelie.", grüßte der Junge vorsichtig und Amelie schaute auf. „Hey, Basti.", erwiderte sie lächelnd und wandte sich wieder ihrem Spind zu, in den sie sorgfältig den Großteil des Inhaltes ihres Rucksacks einräumte. Sebastian blieb stumm und Amelie blickte zu ihm auf. „Ist was?", fragte sie verwundert und richtete sich vor ihm auf. Sebastian wich ihrem Blick aus und sagte nichts. Amelie blieb ruhig. Sie wartete, bis er von sich sagen konnte, was er auf dem Herzen hatte. Sebastians Blick schnellte zu Amelie und sie zuckte leicht erschrocken. „Hast du am Wochenende irgendwas vor?", fragte Sebastian schließlich. „Nicht rot werden, nicht rot werden, nicht rot werden...", dachte Amelie verkrampft, doch es half nichts. Sie blickte zu Boden und lächelte sanft.

„Ich...", begann sie einen Satz und schaute zu Sebastian auf. Ihr Blick glitt wieder nach unten. „Also, die Sache ist die… Ich geh mit meinen Eltern essen, mit einer Verwandten, die Geburtstag hat." Sie hörte ein leises Seufzen und entspannte sich wieder. Endlich konnte sie Sebastian in die Augen schauen. „Es tut mir leid.", fügte sie vorsichtig hinzu, ohne ihn ihre Erleichterung spüren zu lassen. „Das meine ich ernst…", dachte sie und beobachtete, wie Sebastians Augenlider leicht zuckten, als er auf seine Füße starrte. Langsam, ohne dass er es bemerken sollte, griff Amelie in ihren Spind nach ihrer Essensdose und führte sie gemächlich zu ihrem Rucksack, den sie noch immer in der Hand hielt. Sebastian blickte auf und Amelies Hand fuhr in den Rucksack. „Ok, schade.", sagte er gefasster und Amelie setzte einen mitleidigen Blick auf. „Man sieht sich!", verabschiedete Sebastian sich, indem er die Hand hob. „Ok, bye.", erwiderte Amelie freundlich und versuchte das Mitleid in ihren Augen aufrecht zu erhalten, bis er gegangen war.

„Und, was wollte Basti von dir?", fragte Rebekka sofort, als Amelie sich neben sie auf die steinerne Fensterbank in der Cafeteria setzte. Sie seufzte leicht und schloss die Augen für einen Moment. Dann griff sie mit ihrer Hand in den Rucksack und kramte ihre Essensdose wieder hervor. Rebekka sah sie gespannt an und trank einen Schluck aus ihrer Wasserflasche. „Er… wollte mit mir ausgehen, glaube ich.", antwortete Amelie schließlich. Rebekka grinste: „Ehrlich? Cool! Und was hast du gesagt?" Amelie lächelte sie schuldbewusst an und sagte: „Ich habe gelogen!" „Was?", Rebekkas Augen wurden groß. „Ich habe gelogen und gesagt, ich habe keine Zeit.", wiederholte Amelie und biss in das belegte Brötchen aus ihrer Dose.

Rebekka seufzte übertrieben laut und warf den Kopf zurück. Schwungvoll ließ sie ihn wieder nach vorne fallen und ihre braunen, glatten Haare bedeckten ihr Gesicht. Mit der Hand strich sie sie zurück und sah Amelie an. „Warum haben die Leute, die so begehrt sind, eigentlich nie Interesse an den ganzen Typen, die bei ihnen ankommen? Das ist doch unfair…" Sie stützte ihr Kinn auf die Hand und trank missmutig einen Schluck. „Sorry.", lachte Amelie und biss wieder ab. „Ich gehe halt nur mit Jungs aus, die mich interessieren! Das ist doch kein Verbrechen, oder?" „Warst du überhaupt schon mal mit einem Jungen weg?", fragte Lukas, der am Tisch vor den beiden saß und die Füße auf einen anderem Stuhl abgelegt hatte. Die Papiertüte neben ihm knisterte, als er hineingriff und ein Zimtbrötchen daraus hervorzog.

Amelie nickte lächelnd und sah zu Lukas hinüber. „Einmal in der sechsten Klasse, mit Thomas Haas.", erklärte Amelie und trank einen Schluck Apfelsaft aus ihrer Flasche. „In der Sechsten?", fragte Rebekka erstaunt. „Wer ist Thomas Haas?", ergänzte Lukas und biss in sein Zimtbrötchen. „Der war mal in unserer Fünften und Sechsten.", erklärte Sarah, die gerade zu der Gruppe hinzukam und sich auf den Stuhl vor Lukas Füßen fallen ließ. Erschöpft nahm sie ihre Tasche ab und ließ sie auf den Boden knallen. „Was schleppst du denn alles mit?", fragte Rebekka überrascht und starrte auf die ausgebeulte, schwarze Tasche.

„Zu viele Bücher, von denen ich die Hälfte nie wieder brauchen werde und die andere Hälfte jetzt schon nicht brauche!", antwortete Sarah grinsend und blies ihren Pony nach oben. „Wie kommt ihr auf Thomas?", fragte sie und beugte sich zu ihrer Tasche, um ihr Mittagessen hervorzuholen. „Er scheint Amelies erstes und einziges Date zu sein.", grinste Rebekka und holte eine Mandarine aus ihrer Tasche, die neben ihr auf dem Fensterbrett lag.

„Du bist mal mit Thomas ausgegangen?", fragte Sarah interessiert und löffelte ihren Jogurt. Amelie nickte und sagte: „Er war damals der erste Junge, der mich nach einem Date gefragt hatte." „Wie süß…", säuselte Lukas sarkastisch und stopfte das letzte Stück Zimtbrötchen in seinen Mund. Amelie streckte ihm die Zunge raus. „Ich find's wirklich süß!", meinte Rebekka von der Seite. „Mit 11 Jahren nach einem Date zu fragen… Schnuckelig!" „Ja, fand ich auch.", erwiderte Amelie lächelnd, „Ich bin mit ihm ausgegangen, weil ich nicht wusste, wann mir das das nächste Mal passiert. Ich wollte die Chance nutzen." „Tja, hättest du damals schon gewusst, dass dich die Typen über den Haufen rennen, nicht?", stichelte Rebekka und ging zum Mülleimer, um die Mandarinenschale wegzuwerfen.

„Was hat der arme Kerl denn verbrochen, dass du nie wieder mit einem weg bist?", fragte sie im Zurückkommen und setzte sich wieder neben sie. „Gar nichts, hör auf!", entgegnete Amelie und stieß sie mit der Schulter sanft an. Sie sah Thomas' Gesicht vor sich. Die verschreckten Augen, der Schweiß auf seiner Stirn. Amelie blinzelte ein paar mal, um das Bild zu vertreiben.

„Der Typ war sowieso komisch.", meinte Sarah plötzlich. Amelies Augen entspannten sich wieder, doch sie sah sie nicht an. „Wieso?", fragte Lukas mehr oder weniger interessiert. „Na ja…", Sarah stand auf und warf den leeren Jogurtbecher in den Müll. „Am Ende der Sechsten ist er nicht mehr zur Schule gekommen und zur Siebten hin ist er dann ganz weg.", erklärte Sarah und ließ sich abermals auf den Stuhl fallen. „Mach mal Platz!", meinte sie zu Lukas und legte ihre Füße zu seinen auf den Stuhl. Dieser meckerte leise vor sich hin. „Ich weiß, dass er in der Schule oft gruselige Bilder gemalt hat. Von sterbenden Menschen und so. Unheimlich… Wahrscheinlich hatte er psychische Probleme…" Sie trank einen Schluck Wasser. Amelies Blick wurde leidig.

„Alles klar?", fragte Rebekka sie vorsichtig. „Wahrscheinlich war das Date mit Amelie so schlimm…", rief Lukas und knüllte seine Papiertüte zusammen, um sie von seinem Platz aus in den Mülleimer zu werfen. Er traf nicht. „So ein Blödsinn!", schnauzte Rebekka ihn an, „Geh lieber deinen Müll einsammeln." Mit einem lauten Stöhnen stemmte Lukas sich aus seiner eingefallenen Position nach oben und ging zum Mülleimer rüber. Amelie sah Rebekka liebevoll an und beruhigte sie: „Es ist alles in Ordnung. Ich bemitleide Thomas nur…" „Ach komm, du warst ja nicht Schuld…", wollte Rebekka sie aufmuntern und umarmte sie. Amelie lächelte und erwiderte leise: „Richtig…"

Die anderen führten das Gespräch fort, während Amelie auf ihre Hände starrte und in Gedanken versank. Die Stimmen um sie herum wurden leiser. „Es ist doch meine Schuld…", dachte sie traurig und rief sich die Erinnerungen wieder vor Augen. Ein glücklicher Thomas, ein lachender Thomas, ein verwirrter Thomas, ein besorgter Thomas, ein panischer Thomas, ein ängstlicher Thomas, ein weinender Thomas. „An jenem Tag hatte ich zum ersten Mal Bekanntschaft mit meiner *Besonderheit* gemacht.", dachte Amelie und drückte ihre Hände leicht zusammen. „Sie hatten mir davon erzählt, dass so etwas passieren würde, doch ich hatte es noch nie erlebt. Und der Zeitpunkt war mehr als ungünstig gewesen… Ich hatte eine solche Entscheidung noch nie getroffen gehabt, aber ich durfte Thomas ja nichts erzählen. Also hab ich ihn gefragt, was er tun würde. Er war panisch, er meinte, wir sollten die Polizei rufen, doch ich hielt ihn ab. Ich fragte ihn noch mal, wie er entscheiden würde, doch er konnte mir nicht antworten. Er hat mich nicht verstanden. Er hat geweint, als er sah sie litt. Das Blut lief über ihren nackten Kopf. Er hat noch mehr geweint, als er sah, wie sie starb. Ihr magerer Brustkorb hob sich nicht mehr. Er wusste, dass ich es war, doch er hat nicht verstanden, was ich getan hatte. ‚Sie war unheilbar krank.', hatte ich zu ihm gesagt. Er verstand es nicht. Er lief schreiend und weinend davon…"

„Fertig!", rief Clara halblaut in den mit Stimmen erfüllten Raum und weckte Amelie aus ihren Gedanken auf. Sie hatte gar nicht bemerkt, dass sich Clara in der Zwischenzeit zu ihnen gesetzt und, wie immer, sofort angefangen hat, etwas in ihren Block zu zeichnen. „Zeig mal her!", sagte Sarah barsch und zog den kleinen Zeichenblock über den Tisch zu sich heran. Lukas schaute nach links zu Clara und fragte: „Wieso stehst du eigentlich so auf Engel?" Clara zuckte mit den Schultern und nahm ihren Haarreif aus dem Haar.

„Das ist richtig gut, Clara!", rief Sarah und zeigte das Bild Rebekka und Amelie. „Cool…", äußerte Rebekka begeistert, „Man erkennt sofort, dass es Amelie ist!" Amelies Blick glitt hinüber zu dem Block. Sie lächelte glücklich. „Es ist wunderschön…" „Danke.", gab Clara zurück und steckte den Haarreif wieder in ihr rot-braunes Haar. „Amelie inspiriert mich dazu. Immer wenn ich sie sehe, bekomme ich Lust, einen Engel zu zeichnen." Sarah schob den Block wieder zu Clara zurück und sie betrachtete ihr Werk noch einmal. Sie kniff die Augen ein wenig zusammen und sagte fröhlich: „Ich denke, in Wirklichkeit würde sie noch schöner aussehen…"

Es klingelte. „Das war der Gong, Leute!", rief Sarah lustlos, „Auf in die zweite Runde!" Sie schwang ihre Tasche über die Schulter und schnaubte leise, als das Gewicht an ihren Körper fiel. Lukas setzte seinen Rucksack schwungvoll auf und verfehlte nur knapp Clara, die sich halblaut beschwerte, während sie gemütlich ihre Arme durch die Träger ihres Rucksacks schob. Auch Rebekka und Amelie hatten ihre Sachen gepackt und standen von der Fensterbank auf. „Kommt schon, das eine Jahr schaffen wir auch noch!", versuchte Rebekka die Gruppe zu motivieren und warf ihre Tasche über die Schulter. Amelie stand mit ihrer Jacke über dem Arm daneben und lächelte sanft. Mit weichen Schritten und leicht gesenktem Blick folgte sie dem Strom der anderen, die sich allmählich in Bewegung setzten.

Kapitel 3

Gedankenversunken saß Karin auf der dunkelblau ge-
strichenen Bank auf dem Schulhof und starrte auf ihre
Hände. Sie sahen so normal aus, so unscheinbar… Wie
konnten diese Hände dafür bestimmt sein, so schreckliche
Dinge zu vollbringen, wie sie Karin vorbestimmt worden
waren? „Es sind ja nicht wirklich meine Hände, die es
tun…", dachte sie lächelnd, „Es sind meine…" „Ähm, hi.",
eine fröhliche, aber auch schüchterne Mädchenstimme riss
Karin aus ihren Gedanken. Sie versteckte ihr Lächeln und
sah auf. Vor ihr stand Melanie, ein Mädchen aus ihrer Pa-
rallelklasse, dass sie nur flüchtig aus dem Englischkurs
kannte. Ihr brauner Zopf fiel in Strähnen über ihre Schulter
auf den blauen Pullover, der sich recht eng um ihre Brust
legte und weiter unten locker ihre Hüfte umfloss. Karin
strich sich eine Strähne hinters Ohr und grüßte zurück.

„Darf ich mich setzen?", fragte Melanie und wartete
kaum, bis Karin ihr ein leises „ok" entgegen murmelte.
Melanie drehte sich freundlich zu Karin und lächelte sie
an. Fast automatisch rückte Karin ein Stück von ihr weg
und starrte kurz auf das Buch in Melanies Hand. Ihr Blick
glitt in die Richtung, aus der Melanie gekommen war, auf
die beiden Mädchen und den Jungen, die auf sie zu warten
schienen. Sie führten ein Gespräch, doch immer wieder
schnellten ihre Blicke auf die Bank, auf der Karin und Melanie saßen, und zurück.

„Wolltest du was Bestimmtes?", wollte Karin schließlich fragen, doch Melanie unterbrach sie sofort. „Also, ich wollte dich fragen, ob du mir eventuell ein wenig in Mathe helfen könntest.", erklärte Melanie vorsichtig, „Ich komme in Mathe nicht wirklich mit und ich weiß, dass du Herrn Ziegler in Mathe hast und dass er ein sehr guter Lehrer ist, also…" Karin lächelte so schnell, dass Melanie es nicht sehen konnte und entgegnete: „Sorry, aber ich bin auch grottig in Mathe. Trotz Herrn Ziegler. Du wirst dir wohl jemand anderen suchen müssen." Melanie sah entmutigt auf ihr Buch. Dann strahlte sie Karin wieder an und meinte: „Also, wenn du schlechter bist als ich, kann ich dir ja auch Nachhilfe geben! Du brauchst auch nicht bezahlen oder so…" Karin winkte sofort ab und Melanie verstummte. Karin drehte den Kopf zur Seite weg und antwortete gelangweilt: „Brauch ich nicht, danke."

Einen Moment lang verharrten die beiden Mädchen in ihren Positionen, ohne etwas zu sagen. Schließlich stand Melanie auf und sagte kleinlaut: „Ok, sorry für die Störung." Karin konnte hören, dass sie beleidigt war. Sie wollte den Kopf herumdrehen und etwas sagen, doch sie tat es nicht. Als sie sich schließlich doch überwand, sah sie Melanie mit schnellen Schritten zu den zwei Mädchen und dem Jungen gehen, die sie freundlich empfingen. Sie redeten einen Moment und gingen dann geschlossen weg. Melanies Blick streifte sie noch einmal und Karins Gesicht schnellte in die andere Richtung. Sie hasste es, so sein zu müssen. Doch hatte sie etwa eine Wahl?

„Das war aber nicht nett!", ertönte eine andere Stimme plötzlich von der Seite. Ohne die Person zu betrachten, rückte Karin wieder ein Stück nach rechts, um dem Mädchen Platz zu machen, sackte ein Stück zusammen und verschränkte die Arme. „Ich weiß...", erwiderte sie gleichgültig. Ihr Blick ging herum zu dem Mädchen mit den schwarzen Haaren, die geschmeidig über ihre Schultern fielen. Die vordersten Strähnen hatte sie mit einer Klammer nach hinten gesteckt, doch einige kurze Strähnen fielen dennoch in ihr Gesicht. „So bin ich nun mal...", ergänzte sie genervt, „Das weißt du doch, Isi!" „Ich weiß!", antwortete Isabelle und stellte ihre Tasche, aus der sie gerade ein belegtes Brötchen genommen hatte, neben die Bank auf den Boden. „Ich weiß nur nicht, warum du immer so unfreundlich bist.", sagte sie, den ersten Bissen kauend. „Man spricht nicht mit vollem Mund!", erwiderte Karin ausweichend und lächelte kurz. Isabelle schluckte ihr Essen herunter und fuhr fort: „Ich denke, du könntest zumindest ein paar mehr Freunde haben, wenn du ein wenig netter wärst."

„Ich brauch keine Freunde.", entgegnete Karin und richtete sich auf. „Und was bin ich dann?", fragte Isabelle beleidigt. Karin grinste und schlug ihr mit der Faust leicht gegen die Schulter. „Ich meinte, ich brauche keine neuen Freunde!", erklärte sie lächelnd. Isabelle legte ihr Brötchen auf die Knie und schlang ihr Arme um Karin. „Das wollte ich hören, Schnuckie!", rief sie fröhlich. Karin verlor fast das Gleichgewicht und versuchte Isabelle vorsichtig von

sich wegzudrücken. „*Eine* Freundin ist Plage genug!", ergänzte sie und hoffte, dass Isabelle bald von ihr ablassen
würde. In ihren Adern pulsierte das Blut.

„Ich umarme dich trotzdem!", lachte Isabelle und
drückte Karin noch ein wenig fester. Karin ballte ihre Hände zu Fäusten, um Isabelle nicht zu verletzten. Sie drückte
stärker gegen sie und endlich ließ Isabelle von ihr ab. Karin konzentrierte sich auf ihren Kreislauf. Sie versuchte,
das Verlangen, dass in ihr kochte, zu unterdrücken. Sie sah
sich um. Etwa 20 Schüler waren in Gruppen oder alleine
über den Schulhof verteilt. Sie aßen, redeten, lasen… Ein
Mädchen saß auf dem Gras und entspannte zu den Klän-
gen der Musik, die aus ihrem Handy schallte. „Es sind zu
viele Menschen hier!", machte Karin sich klar, „Ich darf es
nicht, nicht jetzt, nicht hier! Heute Abend gehe ich wieder
los! Bis dahin muss ich durchhalten…"

„Hast du heute Abend eigentlich schon was vor?", fragte Isabelle sie plötzlich. Schweiß stand auf Karins Stirn, als
ihr Kopf zu ihr herum ging und sie fragend ansah. „Heute
Abend?", fragte Karin nach und wischte sich wie beiläufig
mit dem Ärmel ihres grauen Pullovers über die Stirn. Isabelle sah die die nassen Stellen auf Karins Ärmel, als diese
den Arm neben sich sinken ließ, doch sie sagte nichts.
Genüsslich biss sie in den Rest ihres Brötchens und nickte.
„Was steht denn an?", fragte Karin nach und seufzte leise.
Ihr Körper hatte sich wieder beruhigt. „Ich wollte ins Kino,
hab aber keinen gefunden, der den Film mit mir anguckt."

Karin lächelte kurz und enttäuschte sie: „Wenn kein anderer mitkommt, hab ich keine Lust." Isabelle schluckte den letzten Bissen hinunter und meinte: „Eins versteh an dir auch nach fünf Jahren nicht, Karin!" Karin sah sie fragend an. „Einerseits…", fuhr Isabelle fort, „…möchtest du keine Freunde, aber andererseits möchtest du alles nur in der Gruppe machen." Karin zuckte mit den Schultern. „Also kommt niemand sonst mit?", fragte sie noch einmal nach. „Nein…", schmollte Isabelle und verschränkte die Arme. „Tut mir leid.", lächelte Karin bedauernd und berührte flüchtig Isabelles Hand. Isabelle nahm die Berührung wahr und lächelte. „Ok, geh ich halt alleine.", meinte sie und löste ihre Arme. „Vielleicht lerne ich ja da jemanden kennen." Sie zwinkerte.

„Gut.", erwiderte Karin erleichtert und fiel wieder in sich zusammen, „Und ich geh heute Abend im Wald spazieren." „Schon wieder?", fragte Isabelle und holte eine Flasche Wasser aus ihrer Tasche. „Und deine Eltern erlauben, dass du so spät noch weg bist?" Sie trank einen Schluck. Karin schüttelte grinsend den Kopf: „Nein, aber sie müssen es ja nicht wissen!" „Hauptsache dir passiert wirklich nichts!", sagte Isabelle besorgt und trank noch einen Schluck, „Warum musst du auch immer mitten in der Nacht im Wald spazieren gehen?" „Es entspannt mich.", antwortete Karin gelassen und zuckte mit den Schultern. Isabelle schüttelte resigniert den Kopf und stellte die Flasche neben sich auf die Bank.

„Isst du eigentlich nichts?", fragte sie unvermittelt. „Die Mittagspause ist bald vorbei." „Ich hab keinen Appetit…", murmelte Karin, ohne sie anzusehen. „Komisch…", bemerkte Isabelle verwundert, „Vor etwa einer Stunde hast du mir gesagt, was für einen Hunger du hast…" Sie streckte sich und drehte den Kopf zu beiden Seiten. Plötzlich stockte sie. „Oh… Verstehe…" Karin schnaubte leise. Isabelle beobachtete noch einen Moment lang den Jungen mit dem kindlichen Gesicht und den hellbraunen Haaren, der zusammen mit einem blonden Mädchen etwa 100 Meter von ihnen entfernt am Rande des Schulhofs an einer Mauer saß. Das Mädchen lachte und der Junge beugte sich zu ihr hinüber, um sie zu küssen. Endlich konnte Isabelle ihren Blick abwenden. „Das brauch ich nicht sehen.", sagte sie schnell und betrachtete Karins Augen.

Karin hatte besondere Augen, die sonst keiner hatte. Es war schwer in ihnen zu lesen. Doch Isabelle kannte diese Augen. Sie hatte gelernt die kleinsten Gefühlsregungen, die manchmal in ihnen erschienen, zu erkennen. Sie sah wie sich Wut und Trauer in ihnen widerspiegelten.

„Wieso ist das mit dir und Jonas noch mal zu Ende gegangen?", fragte Isabelle vorsichtig. Karin blieb still. Isabelle wartete. Sie wusste, dass man Karin immer Zeit geben musste, wenn sie über Gefühle reden sollte. „Ich wollte nicht mit ihm alleine sein…", antwortete Karin plötzlich. Isabelle runzelte die Stirn: „Wie du wolltest nicht mit ihm alleine sein?" „Ich wollte nicht mit ihm… alleine in einem Raum sein.", erklärte Karin und schaute Isabelle kurz an.

„Ich konnte es einfach nicht..." Isabelle lachte verständnislos: „Aber wieso wolltest du denn nicht mit ihm alleine sein? Ihr müsst ja nicht gleich... Ich meine, Jonas ist echt heiß!" „Komm, hör auf!", unterbrach Karin sie grinsend. Isabelle schüttelte den Kopf. „Karin, Karin... Ich hätte nicht gedacht, dass du so prüde bist." „So ist es nicht!", beharrte Karin lächelnd und strich sich eine Strähne hinters Ohr. „Wie denn?", erwiderte Isabelle heiter und rückte neugierig ein Stück näher. Karin richtete sich auf. Ihr Gesicht war entspannt. „Weißt du was?", wich sie der Frage aus, „Wenn du noch zwei Leute findest, geh ich mit dir ins Kino! Nicht heute Abend, aber... sobald du die Leute halt zusammen hast." Isabelle gab ein kurzes Quietschen von sich und streckte die Arme aus, doch Karin wehrte sie mit den Händen ab. „Bitte nicht!", flehte sie mit leidigem Blick, „Du weißt, ich hasse das!" Isabelle lachte: „Ich weiß..."

Es klingelte. „Yeay, Mathe...", kommentierte Isabelle sarkastisch und packte ihre Flasche ein. Die beiden nahmen ihre Taschen und gingen in Richtung ihres Klassenraumes. „Wenn wir Pech haben, kriegen wir die Klausur wieder.", beschwerte Karin sich genervt. Isabelle rempelte sie lachend an: „Du hast doch sowieso mindestens eine Zwei!" Karin schenkte ihr ein kurzes Lächeln.

Kapitel 4

Vor sechs Jahren erzählten mir die Psychologen an meiner Schule, von dem, was sich in mir verbarg. Damals habe ich mich gefragt, warum sie es mir erzählen mussten. Hätten sie es nicht einfach für sich behalten können? Heute bin ich froh, dass sie es taten. Wer weiß, was sonst mit den Leuten in meiner Umgebung passiert wäre, als es erwachte. Wer weiß, was mit Jonas geschehen wäre, wenn ich es nicht gewusst hätte und die Zeichen nicht erkannt hätte. Zum Glück werden wir es nie erfahren…

Ich hatte damals oft Kontakt zu der Beratungsstelle und habe gefragt, ob sie nicht irgendwas gegen das Verlangen tun könnten. Ich wollte den Hunger nicht stillen, ich wollte, dass er verschwindet! Sie sagten zu mir, dass ich die einzige bin, die etwas gegen ihn tun kann. Wenn mein Wille stark genug ist… Sie sagten, dass sie wissen, dass ich eine schwere Zeit durchmache, und dass sie verstehen können, wie ich mich fühle. Einen Scheißdreck haben sie es verstanden! Niemand kann verstehen, wie ich mich fühle, wenn er es nicht selbst fühlt. Diesen Drang… Die Gier nach dem Leben.

Niemand kann verstehen, wie einsam ich mich fühle, wenn ich alle von mir wegstoße, um sie zu beschützen. Ich darf niemandem zu nahe kommen, mit niemandem alleine sein… Jonas hat es nicht verstanden. Wie sollte er auch. Ich hab es ihm ja nicht erzählt. Ich hab es niemandem erzählt, denn ich darf es niemandem erzählen. Sie haben es mir verboten und sie haben Recht! Mein Leben wäre zu Ende, wenn sie es wüssten. Sie würden mich töten, oder schlimmer…

Der einzige Mensch in meiner Nähe ist Isabelle. Sie ist alles, was ich habe. Und selbst sie kennt die Wahrheit nicht. Selbst sie muss ich auf Distanz halten, da ich mich vor dem Teil in mir selbst fürchte. Dem Teil in mir, der nach ihrem Blut lechzt. Wenn sie bei mir ist, spürte ich, wie das Blut in ihr zirkuliert. Wenn sie mir zu nahe kommt, kann ich ihren Herzschlag spüren. Jeder Schlag bedeutet Leben. Das Leben, das ich so begehre. Ich möchte es haben, es zu Tage befördern, nur damit es vergeht. Und wenn es vergeht, ist es mir nichts mehr Wert. Ich brauche es und indem ich mir nehme, was ich brauche, zerstöre ich es… Ich kann niemals glücklich werden, meinen Hunger niemals vollständig stillen. Ich kann ihn nur Schlafen legen.

Als ich damals in der Beratungsstelle nach Hilfe fragte, sagten sie mir, sie könnten mir ein Medikament geben, das meinen Hunger zügelt. Sie waren sich nicht sicher, ob es mir helfen würde, aber sie schlugen mir vor, es zu versuchen. Ich habe es abgelehnt. Sie tun so, als sei es eine Krankheit, die in mir lebt. Doch es ist mehr! Wenn du den Wolf in mir betäuben willst, musst du mich betäuben. Er ist ein Teil von mir, ob ich es will oder nicht. Ich kann mich nicht dagegen wehren. Ich kann es nur akzeptieren.

Ich kann nur versuchen, die Personen um mich herum zu schützen, indem ich keine Personen um mich herum habe. Ich kann versuchen, meinen Hunger im Verborgenen zu stillen, sodass es keiner mitbekommt. Und ansonsten kann ich nur versuchen, zu leben. Der Wolf in mir wird da sein, solange ich da bin. Und er wird erst verschwinden, wenn auch ich von dieser Welt verschwinde…

Kapitel 5

„Suchst du eigentlich nach was Bestimmtem?", fragte Amelie neugierig, als sie mit auf dem Rücken verschränkten Händen neben Rebekka stand. Rebekka ging währenddessen an einem der langen Kleiderständer des hell erleuchteten Geschäfts entlang und schaute Bügel für Bügel durch. „Nein, nicht wirklich.", antwortete sie, ohne aufzuschauen. Sie nahm einen Bügel mit einer braunen Pulloverjacke hervor und betrachtete sie. Amelie sah ihr stumm dabei zu. Nach einigen Sekunden hängte Rebekka sie zurück und drehte sich zu Amelie um. „Ich wollte nur so mal los.", erklärte sie und verließ mit Amelie den Laden. „Ach so.", hauchte Amelie.

„Aber du scheinst keine Lust zum Shoppen zu haben.", mutmaßte Rebekka. Amelie schwieg. Die Gänge des Einkaufszentrums waren mit Menschen und Stimmen gefüllt. Familien, Jugendliche, Senioren... Alle gingen von Geschäft zu Geschäft. Manche verschwanden in einem Laden, dafür traten andere Menschen wieder aus ihnen hervor. Alle bildeten einen großen Strom, dessen Teil zu werden, man sich nicht verwehren konnte. Plötzlich erwachte Amelie aus ihren Gedanken und lächelte Rebekka an. „Nein, nein! Keine Sorge!", versicherte sie Rebekka und winkte mit den Händen ab. Sie kamen an ein Unterwäschegeschäft und blieben stehen. „Ich find's schön, was mit dir zu machen.", erklärte Amelie, während sie einige BH's begutachteten. „Es ist nur…"

Sie verstummte. Ihr Blick war besorgt. „Was denn?", fragte Rebekka mitfühlend und legte ihre Hand auf Amelies Schulter. Amelie zögerte. „Komm sag schon.", ermutigte Rebekka sie und deutete mit einem leichten Druck auf Amelies Schulter an, dass sie den Laden verlassen wollte. Schon in den nächsten Laden gingen sie wieder hinein. Er war klein, bunt und der laute Bass der Musik erfüllte den ganzen Raum. „Hui, sind die teuer…", flüsterte Rebekka und drehte mit Amelie an ihrer Seite eine schnelle Runde, um den Laden unauffällig zu verlassen. Sie sah Amelie von der Seite an und fragte: „Du weißt doch, dass du mir alles sagen kannst, oder? Und du weiß auch, dass ich alle deine Geheimnisse immer für mich behalte, stimmt's?" „Stimmt.", brach Amelie endlich ihr Schweigen und lächelte Rebekka liebevoll an. „Tut mir leid." „Erzähl schon!", trieb Rebekka sie sanft an und bog mit ihr in einen anderen Laden ein. Mit schnellen Schritten steuerte sie auf die rot-gelben Schilder, auf denen *Rabatt* stand, zu und zog Amelie am Arm mit. Dort angekommen ließ sie sie los und kramte in den Hosen in verschiedenen Größen und Blautönen.

„Ich mache mir Sorgen um jemanden…", begann Amelie zu erzählen. Rebekka suchte weiter, doch Amelie wusste, dass sie aufmerksam zuhörte. Rebekka war das größte Multitasking-Talent, das Amelie je begegnet war. „Es geht um Karin.", fuhr sie fort und begann ebenfalls einen Ständer mit Kleidung durchzusehen. „Sie hat ein Problem und weiß nicht, dass ich es weiß. Und ich befürchte, dass weder ich noch irgendjemand ihr helfen kann..." „Was für ein Problem?", fragte Rebekka gelassen über den Kleiderständer hinweg. Sie zog eine Hose hervor und lächelte. Amelie lachte leise über Rebekkas Fähigkeit zur gespaltenen Konzentration. Dann wurde sie wieder ernst. „Das kann ich nicht sagen...", erklärte sie, als Rebekka an ihr vorbei zu den Umkleidekabinen ging. Amelie setzte sich vor die Kabine auf den Boden und lehnte ihren Kopf erschöpft an die dünne Holzwand.

„So schlimm?", ertönte Rebekkas Stimme gedämpft und Amelie hörte das leise Rascheln ihrer Kleidung. „Vielleicht solltest du mal mir ihr darüber sprechen!", schlug Rebekka von drinnen vor. Amelie überlegte einen Moment. Sie merkte auf, als der Vorhang neben ihr aufgeschoben wurde und Rebekka nach draußen trat. Amelie lächelte: „Sieht gut aus." Rebekka betrachtete sich kritisch im Spiegel und drehte sich nach allen Seiten. „Ich kann nicht mit ihr darüber reden...", sagte Amelie und lehnte ihren Kopf wieder an die Wand, „...sie weiß ja nicht einmal, dass ich es weiß. Und sie würde es mir nie von sich aus erzählen." „Verzwickte Geschichte.", erwiderte Rebekka und ging wieder in die Kabine. „Ich weiß...", hauchte Amelie und schloss die Augen.

Schon kurze Zeit später kam Rebekka mit der Hose über dem Arm aus der Kabine und stellte sich vor Amelie hin. „Ich glaube, du kannst es nur weiter beobachten.", meinte sie und reichte Amelie die Hand zum Aufstehen. Amelie seufzte und ergriff Rebekkas Hand. Der Schmerz durchfuhr sie, als sie aufstand. Amelie zuckte reflexartig zusammen. „Alles klar?", fragte Rebekka sichtlich besorgt, als Amelie sich wieder aufrichtete. „Ja, danke.", lächelte sie gequält. Der Schmerz erfasste sie erneut und sie zuckte abermals zusammen. „Wirklich?", fragte Rebekka noch einmal und legte ihre Hand an Amelies Schulter. „Ich weiß nicht.", sagte Amelie mit gepresster Stimme, „Ich geh mal eben zur Toilette." Rebekka kam näher an sie ran und fragte: „Hast du deine Tage?" Amelie schüttelte den Kopf und verkrampfte die Arme vor dem Bauch, um Rebekka von der eigentlichen Quelle ihres Leidens abzulenken. „Ich bin gleich wieder da.", flüsterte sie und ging zum Ausgang des Geschäfts. „Ok.", rief Rebekka ihr hinterher, „Ich warte hier und wenn du was brauchst, kannst du mich anrufen." Amelie hob kurz die Hand, um ihr zu zeigen, dass sie verstanden hatte.

Mit verschwommenem Blick suchte sie nach einem wegweisenden Schild. Eine Welle von Schmerz durchzog ihren Körper. Sie wischte die Tränen aus ihren Augen und folgte dem Pfeil nach rechts. Endlich konnte sie die Tür hinter sich schließen und sank zusammen. Sie wollte sich aufstützen und auf den Deckel der Toilette setzen, doch ihr Arm rutschte kraftlos ab. Hastig strich sie ihre Tasche von ihrer Schulter und krümmte sie vollends zusammen. Sie vergrub ihr Gesicht, so weit sie konnte, im Stoff ihrer Jeanshose, der sich um ihre dünnen Oberschenkel spannte.

Sie hätte am liebsten geschrien, doch sie konnte es nicht. Sie durfte es nicht, denn jemand hätte sie hören können. Die Schmerzen in ihren Schultern nahmen nicht ab, doch das Pochen wurde schneller. Wie betäubt konnte sie fühlen, wie ihre Nerven den Druck der Toilettenwände wahrnahmen, obwohl sie sie nicht berührte. Amelie hoffte, dass es schnell vorbei sein würde.

Plötzlich war ihr Körper ruhig. Der Schmerz war verschwunden. Noch ein paar Minuten verharrte Amelie in ihrer Position auf dem Boden der Kabine und atmete flach. Schweiß tropfte von ihrer Stirn auf ihre Hose und malte kleine Kreise auf ihr. Schließlich konnte Amelie sich wieder bewegen. Mit stockenden Bewegungen richtete sie sich ein wenig auf und setzte sich auf den Toilettendeckel. Sie betrachtete kurz ihre Tasche, die am Rande der Kabine lag. Das Bild flimmerte immer noch vor ihren Augen. Amelie tat einen schweren Atemzug, der sie aus ihrer geistigen Ohnmacht zurückholte. Ihre Atmung normalisierte sich schnell, das Zittern verschwand. Hastig griff sie nach dem Toilettenpapier und riss einige Stücke ab, um sich den Schweiß aus dem Gesicht zu wischen. Auch ihre Hände waren schweißnass. Sie wusste, was es gewesen war und warum es passierte. Doch es war noch nie so schlimm gewesen. Sie wollte demnächst die Beratungsstelle anrufen, um nach einem Termin zu fragen.

Kapitel 6

Als Amelie mit ihrer Tasche in der Hand die Kabine verließ, sah sie die Putzfrau, die gerade die Waschbecken säuberte. Sie hoffte, dass sie nichts gehört hatte. Ohne sie lange zu betrachten, ging Amelie an ihr vorbei, zurück zu den Gängen des Einkaufszentrums. Sie konnte ihre Hände nicht waschen, obwohl das vielleicht auffällig war. Doch noch auffälliger wäre es gewesen, wenn die Frau Amelies blutunterlaufene Nägel und die matt rot leuchtenden Hände gesehen hätte.

Mit noch wackeligen Schritten ging Amelie an den Geschäften vorbei in Richtung Rebekka. Sie stockte. Einen Moment lang stand sie still da, während sich die Leute an ihr vorbei drängelten und sie unaufmerksam anrempelten. Einige beschwerten sich leise, doch das registrierte Amelie nicht. Sie sah sich nach allen Seiten um und versuchte ihre Atmung unter Kontrolle zu behalten. „Ich muss gehen…", dachte sie und drängte sich durch die Menge an die Seite. Leicht keuchend holte sie ihr Handy hervor und öffnete einen Chat. So schnell sie mit den noch immer schwachen Fingern konnte, tippte sie die Buchstaben: „Mir geht's nicht gut. Hab wohl was Falsches gegessen. Bin schon im Bus nach Hause. Keine Sorge, wird schon. Sorry. Ruf dich später an. Amelie" Sofort schickte sie die Nachricht an Rebekka ab. Sie hätte sie nicht anrufen können, denn ihre Stimme wäre zu dünn gewesen. Rebekka hätte gemerkt, dass etwas nicht stimmt. Sie kannte Amelie schon länger und erkannte sofort, wenn etwas nicht in Ordnung war. Es war immer besonders schwer, zu verschwinden, wenn Rebekka in der Nähe war. Manchmal glaubte Amelie fast, dass Rebekka sie längst durchschaut hatte.

Nachdem sie ihr Handy wieder in der Tasche verstaut hatte, trat sie wieder in den Strom der Menschen ein und ließ sich Richtung Ausgang treiben. Der Druck in ihrem Inneren wurde langsam stärker. Amelie kannte das schon. Sie hatte es schon dutzende Male gefühlt. Am Ausgang angekommen ging sie noch ein paar Schritte, bis sich die Menschenmenge weitestgehend verlaufen hatte. Ihre Schritte wurden schneller. Wie auf der Flucht setzte Amelie einen Fuß so hastig vor den anderen, dass sie den gepflasterten Weg unter ihr kaum noch berührten. „Warum?", dachte sie, als sie die Straße ohne Fußweg entlang rannte, „Warum muss ich es sein? Wieso muss ich diese Entscheidungen treffen?" Einzelne Tränen flogen wie glitzernde Seidenfäden aus ihren Augenwinkeln nach hinten, wo sie auf die Autos, die an Amelie vorbeizogen, prallten und zersprangen.

Eines der Autos fuhr hupend an ihr vorbei, als sie sich mit dem weiß-beigen Ärmel ihres Pullovers das Wasser vom Gesicht strich. Sie drehte ihren Kopf und sah den Fahrer aus traurigen Augen an. Von ihren Lidern reflektierte der Schimmer der Tränen, die wie kleinste Tautropfen an den Wimpern hingen. Ihr Haar wehte sanft in Wind und umspielte ihre runden Schultern. Der Autofahrer betrachtete sie intensiv, als er an ihr vorbeifuhr. Amelie blieb stehen und beobachtete erschrocken, wie der Wagen des Mannes an den Rand der Spur geriet und beinahe an einer Häuserwand entlang schrammte. Gerade noch rechtzeitig riss der Fahrer das Lenkrad herum und steuerte den Wagen wieder in die Mitte der Spur.

Erleichtert seufzte Amelie und überquerte eilig die Straße, um zu einer kleinen Seitenstraße zu gelangen. Sie war in einer Wohngegend mit kleinen Häusern angelangt. Sie kannte die Gegend nicht wirklich, doch sie musste etwa zwei Kilometer vom Einkaufszentrum entfernt gewesen sein. Sie sah sich vorsichtig um. Kein Mensch war zu sehen. Sie kam an eine Kreuzung und übersah fast das Auto, das von rechts kam. Überrascht zuckte sie zusammen und wartete, bis es vorbeigefahren war. Mit ruhigen Schritten setzte sie ihren Weg fort, bis sie an ein weißes Haus mit blauem Dach kam. Der Garten vor dem Haus leuchtete in einem hellen Grün, das hier und da von weißen und gelben Blumen unterbrochen wurde.

Amelie betrat den schmalen Kiesweg und ging zur Tür, um zu klingeln. Niemand öffnete. Doch sie wusste, dass sie am richtigen Ort war. Leise ging sie um das Haus herum und schaute in die Fenster. Auf der anderen Seite des Hauses war ein noch größerer Garten, in dessen Mitte ein Gerüst mit zwei Schaukeln stand. An der Seite befand sich eine kleine, schwarze Bank aus Stein. Amelie überflog die Szenerie eilig und ging weiter um das Haus herum. Plötzlich sah sie ihn. In einem Raum mit zwei großen Fenstern, lief ein Fernseher und in der anderen Ecke des Raumes stand ein rotes Sofa. Ein Mann um die 40 Jahre, mit Bartstoppeln und blond gesträhntem Haar lag zusammengesunken auf dem roten Polster. Amelie spürte, dass er es war. Der Druck in ihr war inzwischen unerträglich geworden. Etwas drückte in ihrem Körper nach außen, wollte frei gelassen werden. Doch es hätte ihren Körper nie verlassen können. Amelie hatte sich schon so oft gewünscht, dass es einfach aus ihr heraustrat und sie für immer verließ. Doch ihre Wünsche wurden nie erhört.

Schnell griff Amelie in ihre Tasche und holte zwei weiße Handschuhe heraus. Sie blickte sich um. Noch immer war sie allein. Sie nahm einen etwa faustgroßen Stein vom Boden und schlug ihn, ohne zu zögern, gegen die Scheibe des Fensters. Die Scheibe zerbrach mit dem zweiten Schlag. Mit kleinen, aber hastigen Schlägen mache sie das Loch ein Stück größer, bis ihre Hand schließlich hindurch passte. Sie legte den Stein wieder auf den Boden und griff durch das Loch, um den Bügel herumzudrehen. Als das Fenster endlich offen war, kletterte sie schnell hindurch und trat an das Sofa heran.

Die Kissen waren zerwühlt. Sein Arm lag verrenkt unter seinem zur Seite gekippten Oberkörper. Mit leichten Schritten ging Amelie näher an ihn heran. Sein Mund warf leicht geöffnet. Ein Telefon lag auf dem Boden vor ihm. Amelies Blick war trübe. Kurz vor ihm blieb sie schließlich stehen. „Die meisten würden denken, er sei tot…", dachte sie voller Ruhe, „Selbst Ärzte würden ihn für tot erklären.

Doch ich weiß, dass in ihm noch Leben ist." Sie zog ihren rechten Handschuh aus und ließ ihre nackte Hand neben ihren Körper fallen. „Denn es ist das Leben, das mich anzieht…"

Im Bruchteil einer Sekunde betrachtete Amelie die Erinnerungen des Mannes. Sein Leben, seine Gefühle, seine Gedanken… Alles lief wie ein Kurzfilm vor ihren Augen ab. Er war früher starker Raucher gewesen. Deswegen war sein Herz geschädigt. Er war trotz Atembeschwerden nicht zum Arzt gegangen. Er hatte, als er zur Uni ging, seine Freundin betrogen. Er hatte eine Familie gegründet. Er hatte vor fünf Jahren wegen der Schwangerschaft seiner Frau mit dem Rauchen aufgehört. Sie waren zu einer Freundin gefahren.

Amelie entschied sich schnell. Sie hob ihre rechte Hand und streckte sie in seine Richtung aus. Vorsichtig berührten ihre Fingerspitzen die kalte, raue Haut seiner Stirn. Amelie schloss die Augen und verharrte einen Moment. Sie zog die Hand zurück und streifte den weißen Handschuh wieder über die feinen Finger ihrer rechten Hand. Sein Herz gab ein schwaches Schlagen von sich. Seine Nasenflügel bewegten sich zart. Amelie lächelte sanft und betrachtete ihn noch einen Moment. Sie nahm einen Stift, der auf dem Tisch neben dem Sofa lag und schrieb etwas auf seinen Arm. „Geh zum Arzt…", wiederholte sie die Nachricht laut und sah ihn vorwurfsvoll an. „Bitte…", hauchte sie und ihre Augen füllten sich mit Tränen. „Ich will nicht wieder hierher kommen müssen…"

Kapitel 7

Die Nacht war schwarz. Das blasse Mondlicht versuchte durch die dichten Kronen der Bäume zu dringen und warf hier und da dünne Lichtkegel in die Finsternis. Die feuchte Erde knirschte leise unter Karins Schuhsohlen, als sie gemütlich den Wald durchschritt. Ein Ast knackte unter ihr und sie spürte, wie etwas in ihrer Nähe dadurch aufgeschreckt wurde. Es rannte weg, doch Karin störte sich nicht daran. Mit den Händen in den Taschen ihrer Jacke setzte sie ihren Weg fort. In der Ferne hörte sie das leise Rufen eines Kauzes oder einer Eule. Sie fühlte sich daheim.

Dies war ihre Stunde, das spürte sie deutlich. Ihr Leben war dazu bestimmt, zu dieser Tageszeit geführt zu werden. Im Schutz der Dunkelheit, umgeben von den massiven Stämmen der Bäume, zwischen denen kleine Büsche Verstecke für das boten, wegen dem sie hierher gekommen war. Nach dem es in ihr verlangte…

Schließlich blieb Karin stehen und sah sich um. Sie sah niemanden, doch das war aufgrund der Dunkelheit nicht verwunderlich. Eines Tages würden ihre Augen sich schneller an die Helligkeitsunterschiede ihrer zwei Welten gewöhnen, wurde ihr gesagt. Doch im Moment konnte sie sich nur auf ihr Gehör verlassen. Sie schloss die Augen und erstarrte. Sie atmete nicht. Alles war still.

Lächelnd öffnete sie die Augen wieder und ging auf einen der großen Bäume neben ihr zu. Dann hockte sie sich hin und nahm ihre braune Stofftasche von der Schulter. Sie öffnete sie und zog rasch eine dunkle Wolldecke hervor, die sie auf dem unebenen Boden ausbreitete. Als sie sie glatt gestrichen hatte, zögerte sie einen Moment. Schließlich richtete sie sich auf und begann den Reißverschluss ihrer Jacke langsam nach unten zu ziehen. Schwungvoll landete der rötliche Stoff auf der Decke. Sie griff sich um die Taille und zog den grauen Pullover über den Kopf aus. Es folgte das weiße Top, das darunter zum Vorschein kam, und auch der weiße BH, den sie trug. Ungeduldig trat sie auf die Hacken ihrer Schuhe, um ihre Füße aus ihnen herausziehen zu können, und riss eilig an ihren weißen Socken. Das dunkle Blau ihrer Hose überdeckte das Weiß der anderen Klamotten des Haufens, der dadurch wieder im Dunkeln verschwand. Ihr Slip landete zerknittert auf der Spitze.

Noch einmal hockte Karin sich neben ihre Tasche und öffnete den kleinen Parfümflakon, der sich darin befand. Sie hüpfte einen Schritt zurück und sprühte den Inhalt des Fläschchens auf den Berg aus Wäsche, um ihn später schneller finden zu können. Dann steckte sie es wieder in ihre Tasche zurück. Karin betrachtete ihr Werk von oben. Zufrieden schloss sie die Augen und sog den Geruch des Parfums in ihre Nase. Eine Träne rollte aus ihrem Auge und trocknete sogleich auf ihrem hellen Gesicht. Einige

Schritte entfernt nahm sie ein paar tiefe Atemzüge der klaren Nachtluft. Erde, Holz, Blätter… und *es*!

„Endlich…" Karin grinste lustvoll und hockte sich nieder. Ihre langen Eckzähne reflektierten das Licht des gelbweißen Mondes über ihr. Angeregt betrachtete sie, wie die Haare an ihren Armen dichter wurden. Sie verkrampfte ihre Finger, die sich langsam zurückbildeten, und vergrub sie in der tiefschwarzen Erde. Schmerzvoll biss sie sich auf die Lippen, als ihr Körper die Gestalt dessen annahm, was sie wirklich war. Das Tier in ihr kam zum Vorscheinen. Und sein Hunger war so gewaltig wie immer…

Gierig leckte Karin über ihre feucht-glänzende Nase, als sie sich auf ihre vier Pfoten erhob. Ihr grauer Schwanz schlug kraftvoll in die kühle Waldluft. Ein Zittern durchfuhr sie und sie bleckte die Zähne. Ein leises Knurren entfuhr ihrem Maul, das weiß in der Nacht leuchtete. Ihre Nase hob und senkte sich schnell, als sie sich in mit funkelnden Augen umblickte. Sie stieß ein weiteres Knurren aus und senkte angespannt den Kopf.

Sie rannte los. Ihre Pfoten hasteten über den Waldboden. Ihr Schwanz wehte im Wind hin und her. Mit geschmeidigen Bewegungen sprang Karin durch die krummen Bäume, die ihr in den Weg kamen, und ließ sie hinter sich zurück. Das Gefühl der Freiheit erfüllte ihre Muskeln und trieb sie immer weiter an. Sie kam ihm näher. Es hatte sie schon bemerkt. Es flüchtete. Karin setzte ihren Lauf fort. Sie wich einem kleinen Busch aus und schlug einen weiter nach rechts orientierten Weg ein. Sie konnte es riechen... Das Blut in ihm...

Anmutig setzte Karin zum Sprung über einen dicken Ast an und landete schwer auf der anderen Seite. Das Gewicht der Muskeln presste sich auf ihre Knochen. Sie hechelte erregt. Sie war ihm nahe. Es schlug Haken, um ihr zu entkommen, doch sie war zu erfahren. Sie wollte es! Sie wollte, das Leben, das sich ihn ihm verbarg. Sie wollte das Herz, das in ihm schlug, das Blut, das in ihm floss. Sie wollte sie selbst sein...

Karin roch seine Angst. Todesangst. Es wusste, was passieren würde. Es hatte schon aufgegeben, doch sein kleiner Körper schnellte weiter durch die Wälder, die ihn einst beschützten. Es wurde langsamer. Seine Kräfte schwanden. Karin verringerte ihr Tempo. Speichelfäden flogen aus ihrem Maul in die Richtung, aus der sie kam. Sie war bald bei ihm. Es wurde noch langsamer. Sie tat es ihm gleich. Sie wollte das Gefühl, solange es ging, genießen. Karin riss ihr Maul weit auf, als sie es sah. Ein brauner Fleck in der Nacht. Sein weißer Schwanz hüpfte bei jedem Schritt auf und ab. Sie setzte zum Sprung an und landete auf ihm. Wild strampelte das kleine Wesen aus Fleisch und Fell unter ihren Pfoten und versuchte dem Unausweichlichen zu entkommen. Sie betrachtete es. Sie roch seinen Schweiß, seinen Urin. Ein kurzes Knurren fuhr ihm entgegen, ehe ihr Kopf auf ihn herab schnellte und es schließlich beendete...

Kapitel 8

Vor tausenden von Jahren erkannten meine Vorfahren das Menschliche in den denjenigen, die wir im Allgemeinen nicht als Menschen bezeichnen würden. Sie begannen diese Personen zu schützen, indem sie sie früh über ihre besonderen Eigenschaften aufklärten und ihnen dazu rieten, diese im Verborgenen zu halten. Bis heute verfolgen wir, die die Spezialität dieser Personen schon von deren Geburt an spüren können, das Ziel, diese Personen zu schützen.

Mein Name ist Benjamin Ernst Schwarz, Professor der Psychologie. Ich habe zudem eine Ausbildung im Fachbereich Pädagogik erhalten, denn diese benötigt man ebenfalls im Beruf des Schulpsychologen. Ich gehöre zu denjenigen Menschen, die, wie bereits erwähnt, diese speziellen Personen *erspüren* können. Wir haben die Fähigkeit, einen Säugling nach der Geburt sofort als das klassifizieren zu können, was er in Wirklichkeit ist. Ebenso können wir andere unserer Art erkennen und sie ihrer außergewöhnlichen Aufgabe zuführen, sobald sie die nötige Reife dafür erlangen. Unsere Vorfahren nannten sich aufgrund ihrer Fähigkeit *Animadvertoren*, doch es dürfte offensichtlich sein, dass zehnjährige Kinder generell starke Schwierigkeiten mit diesem Begriff haben würden. Wir nennen uns deshalb umgangssprachlich *Spürer*.

Die Aufgabe der Spürer, insofern sie beschließen, ihre Fähigkeit auszuleben, besteht nun darin, sich in die Arbeitsbereiche der Schulpsychologen und -pädagogen, aber auch der Hebammen und Geburtshelfer, sowie der Beamten in Rathäusern und Einwohnermeldeämtern einzugliedern, um schon erwähnte Personen zuerst bei der Geburt erkennen und verzeichnen und sie danach in puncto Adresse und Schulwerdegang überwachen zu können, damit sie schließlich im Alter von 10 Jahren im Rahmen der schulpsychologischen Routineuntersuchung über ihre Nichtmenschlichkeit aufgeklärt werden können.

Wie allgemein bekannt sein dürfte, verändert sich der Körper eines jungen Menschen mit Beginn der Pubertät auf verschiedenste Weisen. Typische und individuelle äußere und innere physische, aber auch psychische Merkmale treten zum ersten Mal auf und prägen sich zunehmend aus. Gleiches trifft auch auf diese *besonderen* Personen zu, doch bildet sich bei ihnen in dieser Zeit noch zusätzlich ihre angeborene Abnormalität aus. Wir konnten bis heute nicht herausfinden, was das Entstehen dieser Abnormalitäten begünstigt oder gar auslöst, doch wir gehen davon aus, dass es sich hierbei, wie bei einigen anderen bekannten Krankheiten auch, um eine spontane Mutation der Gene handelt. Es ist nicht vorhersehbar und nicht provozierbar.

Diese Abnormalitäten sind von unserer Fähigkeit des Erspürens zu unterscheiden, da diese nicht etwa auf einer Abweichung der Gene beruht, sondern auf einer erweiterten Wahrnehmung. Diese ist ebenso wenig mit einem genetischen Defekt vergleichbar wie zum Beispiel ein erhöhter Intelligenzquotient oder ein stark ausgeprägtes musikalisches Gehör.

Da die Pubertät bei den meisten Menschen ab dem Alter von 11 Jahren einsetzt, suchen wir die erwähnten Personen im Alter von 10 Jahren auf. So haben sie einige Zeit, sich mit ihren ungewöhnlichen Eigenschaften vertraut zu machen und sich seelisch auf sie vorzubereiten. Sollten sie nach diesem Aufklärungsgespräch weitere Fragen oder Probleme haben, können sie uns natürlich jederzeit aufsuchen, indem sie eine spezielle Telefonnummer wählen und wir ihnen einen unauffälligen Treffpunkt zuweisen, an dem ein Ansprechpartner sie erwartet. Diese Treffpunkte sind zumeist ärztliche und psychologische Praxen, aber auch Nachhilfedienste, Musikschulen mit Einzelunterricht und ähnliche Institutionen, die die Möglichkeit einer üblich aussehenden Zweisamkeit bieten. Daher ist es für uns von Vorteil, unsere Art auch in anderen Berufen als den zuvor erwähnten Hauptberufen zu wissen.

An jenem Tag bat Amelie Fischer um einen Termin. Sie gehörte zu denjenigen speziellen Leuten, die der Volksmund als *Engel* bezeichnet. Der fachlich korrekte Terminus lautet jedoch *Apofasi*. Als ihre dünne Gestalt auf dem kleinen Plastikstuhl, wie die Schule sie für alle Klassenstufen von der Fünften bis zur Dreizehnten benutzte, Platz nahm, konnte ich die Dringlichkeit ihres Anliegens in ihrem Blick erkennen.

Ihre Haut war bleich und ihre Augen zeugten von Müdigkeit. Ich wusste jedoch, dass ihre Haut schon mindestens seit acht Jahren sehr hell war. Damals war sie deutlich kleiner gewesen. Sie sah unbeschwert und ein wenig gelangweilt aus, als ich ihr von ihrer Abnormalität berichtete. Wie so viele Kinder wollte sie es mir zunächst nicht glauben. Doch ich denke, dass diese Reaktion mehr als verständlich ist. Jene Personen können es nicht glauben und wollen es folglich auch nicht glauben, wenn die Ausprägung ihrer Andersartigkeit stattfindet.

An diesem Tag beklagte Amelie sich über starke Schmerzen in den Schultern, die sporadisch und mit steigender Intensität auftraten. Sie fragte nach einer Medizin oder Ähnlichem, das die Schmerzen im Akutfall mindere, sodass sie sich an einen sicheren Ort begeben könne. Ich stand auf und bat Amelie, Pullover und T-Shirt auszuziehen, damit ich ihre Schulterblätter betrachten konnte. Sofort erkannte ich die stark geröteten Bereiche links und rechts ihrer Wirbelsäule, an denen die beschriebenen Schmerzen auftraten. Die Haut ihres Rückens war sichtlich gespannt, doch noch waren keine Einrisse oder andere äußerlichen Schäden zu erkennen. Selbst bei leichten Berührungen wurde ihr Schmerzreflex ausgelöst.

Erste psychische Erscheinungen traten bei Amelie Fischer im Alter von 11 Jahren auf. Ich kann ohne Ausnahme sagen, dass ich jede dieser Personen um ihre Abnormalität bemitleide. Doch wenn man über alle Auswirkungen, die bei den verschiedenen Arten auftreten, unterrichtet ist, erkennt man, dass einige insgesamt ein schlechteres Schicksal erwartet als andere. Die Apofasi gehören meiner Meinung nach zu diesen Arten. Innerhalb von Sekunden bei einem wohl fremden Menschen entscheiden zu müssen, ob dieser leben oder sterben muss beziehungsweise darf, ist vor allem am Anfang für die Kinder eine schwierige und, wie ich finde, grausame Aufgabe.

Befindet sich ein Mensch zwischen Leben und Tod reagiert durch einen noch nicht näher bekannten Mechanismus derjenige Apofasi, der dem Sterbenden am nächsten ist. Dies ist die erste psychische Spezialität, die den Apofasi eigen ist. Sie leitet den Apofasi zum sterbenden Menschen, ohne dass sie sich dessen verwehren könnten.

Sogleich tritt die erste physische Spezialität in Kraft, die sich einer stark überdurchschnittlichen Ausdauer ausdrückt. Der Apofasi muss den Sterbenden meist über eine größere Distanz hinweg erreichen. Im späteren Entwicklungsstadium ist er oder sie in der Lage, die Flügel dafür zu nutzen, insofern man nicht von Menschen gesehen wird.

Beim sterbenden Menschen angekommen wird eine weitere psychische Auffälligkeit aktiviert, mit deren Hilfe der Apofasi in der Lage ist, die Gefühle, Gedanken und Erinnerungen des Menschen zu lesen, um auf ihrer Grundlage ein möglichst objektives Urteil über Leben und Tod fällen zu können. Am besten wird dabei auch die Auswirkung des Lebens beziehungsweise des Todes des Sterbenden auf andere Menschen berücksichtigt, wenn der Apofasi geistig und zeitlich dazu in der Lage ist.

Zu guter Letzt wird die Entscheidung durch eine zweite physische Spezialität besiegelt. Der Apofasi berührt mit seinen Fingern den sterbenden Menschen und nimmt je nach Entscheidung den Tod oder das Leben unwiderruflich von ihm.

Die meisten dieser Kinder sind bei den ersten Gelegenheiten zur Auslebung ihrer Abnormalität nicht in der Lage, das Urteil objektiv zu fällen; v.a. wenn es den Tod des Sterbenden bedeuten würde. In diesem Punkt fiel mir Amelie Fischer besonders auf, da sie seinerzeit dazu in der Lage gewesen war und dem betreffenden Menschen das Leben abnahm. Die psychischen Auswirkungen, die diese Tat auf sie und auf einen unbeabsichtigt involvierten Mitschüler von ihr hatte, waren immens. Dem Mitschüler, der in das hier Beschriebene nicht eingeweiht gewesen war, wurde von einem meiner Kollegen eine Therapie verordnet, sodass er die Schule vorerst nicht weiter besuchen konnte. Amelie Fischers geistige Situation wurde durch diese Geschehnisse zwar noch verschlimmert. Doch wie die meisten anderen von mir betreuten Kinder und Jugendlichen auch, konnte sie sich nach und nach mit den nötigen Konsequenzen ihrer genetischen Abweichung arrangieren.

An dem Tag, an dem Amelie Fischer wegen ihrer Rückenschmerzen, die eindeutig durch die Ausprägung ihrer

Flügel verursacht wurden, zu mir kam, musste ich sie abweisen. Uns ist noch kein Mittel für derartige Probleme bekannt. Doch da ich den Ernst ihrer Lage erkannte und die Gefahr einer unbeabsichtigten Entdeckung sehr hoch schien, versicherte ich ihr, einen Gesprächspartner, der ihr Schicksal teilte, aufzusuchen und ihn um ein Gespräch mit ihr zu bitten. Als ich sie am nächsten Tag kontaktierte, sagte sie mir, dass sich die Angelegenheit bereits erledigt habe…

Kapitel 9

Ich weiß nicht, ob mein Leben schwerer ist, als das anderer Personen in meinem Alter, denn ich kenne nur mein Leben. Doch es ist sicher nicht einfach, so aufzuwachsen, wie wir es müssen. Wir wissen nicht, wer oder was dafür verantwortlich ist, dass wir so sind, wie wir sind. Dass es diesen besonderen Teil in uns gibt. Und das ist vielleicht das Schlimmste überhaupt…

Jeder andere, dem eine Ungerechtigkeit in seinem Leben widerfährt, hat einen Schuldigen, auf den er zeigen kann, selbst wenn er selbst der einzige Schuldige ist. Fängt ein aggressiver Schüler eine Schlägerei an, zeigt er auf seine Mitschüler, die ihn ärgerten. Bringt ein Kind, das an der Schule kein Interesse hat, schlechte Noten nach Hause, zeigt es auf die Lehrer, die nicht aufregend genug unterrichten. Hat das Kind eine vererbbare Krankheit oder einen Gendefekt, zeigt es auf die Eltern, die trotz bekannter Krankheiten ein Kind gezeugt haben oder die während der Schwangerschaft nicht vorsichtig genug waren. Dabei gibt es genug Fälle, in denen eigentlich keiner Schuld hat. Doch das zu akzeptieren, ist fast schwerer, als das Problem an sich zu ertragen.

Wir können auf niemanden zeigen, denn niemand weiß von unserem Leiden. Doch selbst im Stillen haben wir keinen Schuldigen und diese Tatsache belastet uns unser Leben lang. Jedes Mal, wenn wir mit unserer Besonderheit in

Konflikt geraten, fragen wir uns automatisch, warum es gerade uns traf. Warum es Leute wie uns überhaupt geben muss... Doch die einzige Antwort, die es gibt, stellt uns nicht zufrieden. Es war Zufall! Eine spontane Entwicklung unserer Erbanlagen, die bei unserer Zeugung stattfand! Können wir deswegen auch auf unsere Eltern zeigen? Können wir ihnen, ohne dass sie es wissen, die Schuld dafür geben und sie deshalb für das, was sie uns unwissend angetan haben, hassen? Natürlich nicht! Doch ich weiß aus meiner eigenen Erfahrung, dass wir es dennoch manchmal tun...

Wir sind dazu geboren, ein Geheimnis in uns zu verbergen. Keiner weiß, dass es uns gibt, oder zumindest, dass wir diese Besonderheit in unserem Körper tragen. Sie ist in unserem Herzen, in unserem Kopf. Jede Zelle unseres Körpers ist besonders. Jede Zelle birgt das Geheimnis und jede einzelne von ihnen schreit nach Aufklärung. Sie schreien nach Auslebung ihrer selbst, nach einer Entfaltung ihres Potentials... Wir sind zum Teil Mensch und zum Teil etwas anderes. Doch wir werden von der Gesellschaft in eine andere Rolle, in die eines *Nur-Menschens*, gedrängt. Nur beide Teile in uns komplettieren unsere Persönlichkeit. Wir können nie wir selbst sein.

Jeden Tag wünschten wir, wir könnten uns jemandem anvertrauen, um dem nichtmenschlichen Teil in uns wenigstens einen immer noch viel zu kleinen Raum in unserem Leben geben zu können. Doch es ist uns aus wahrscheinlich gutem Grunde untersagt. Selbst diejenigen, die unser Schicksal teilen, dürfen wir nicht einweihen und sie uns auch nicht. Nur in Ausnahmefällen treffen wir Menschen mit einem ähnlichen Schicksal wie unserem. Zum Beispiel an dem Tag, an dem man aus der *normalen* Welt der Menschen herausgegriffen und in diese Welt des Schweigens und der Einsamkeit geworfen wird. Oder auch wenn man starke, physische Probleme hat, sein Geheimnis als solches zu bewahren. Nicht wenige treffen allerdings auch auf andere, da sie den psychischen Druck, den unser Schicksal mit sich bringt, nicht ertragen können.

Doch diese Treffen, so hilfreich sie auch im Augenblick des Stattfindens sein mögen, haben kaum die Tendenz einer geistigen Erfüllung. Man sieht diese Leute nie wieder, kennt ihr Nachnamen nicht, darf keine Fotos von ihnen machen oder Adressen austauschen. Es ist, als ob man in einem verdunkelten Raum voller Menschen ist. Keiner bewegt sich oder sagt irgendetwas. Das Licht wird nur kurz angeschaltet, damit man sieht, dass man nicht alleine ist. Wir treffen die anderen nur, damit wir wissen, dass wir nicht alleine sind. Doch was bringt es, wenn viele Leute zusammen einsam sind?

Der Tag, an dem ich jemanden fand, dem ich mich anvertrauen konnte, weil ich wusste, dass er dasselbe Leben erträgt wie ich, war bis dahin der glücklichste Tag meines Lebens…

Kapitel 10

„Und du bist wirklich wieder gesund?", fragte Rebekka besorgt, und lehnte sich mit dem Rücken gegen die Schließfächer. Amelie lächelte sie an, während sie ihre Bücher in dem kleinen Fach verstaute und antwortete: „Ich sagte doch, dass es wieder ok ist. Aber danke, dass du dir Sorgen machst." Die schlug die Tür zu und verriegelte das Zahlenschloss. Dann schloss sie den Reißverschluss ihres Rucksacks und schwang ihn mühelos über ihre Schulter auf den Rücken.

„Wie könnte ich mir keine Sorgen machen?", erwiderte Rebekka, als sie durch die Seitentür der Schule auf den Hof traten. „Du bist plötzlich zusammengebrochen und warst dann zwei Wochen lang krank!" „Ich bin nicht *zusammengebrochen!*", korrigierte Amelie leise lachend. Der Schulhof war fast menschenleer. Einzelne Schüler saßen am Rand oder auf den Bänken und warteten darauf, dass sie nach Hause gehen konnten. Amelie und Rebekka kamen an einer dunkelblauen Bank vorbei, auf der Sarah mit angezogenen Beinen saß und ein Buch las. Als sie Rebekkas aufgeregte Stimme wahrnahm, blickte sie verwundert auf. „Habt ihr keinen Unterricht?", fragte sie neugierig und legte einen Finger auf die Zeile, die sie gerade gelesen hatte. Amelie schüttelte den Kopf. „Physik fällt aus und in Mathe haben wir einen Auftrag!", erklärte sie im Vorbeigehen. Rebekka grinste. „Ist das unfair!", rief Sarah aus und lehnte den Kopf gegen die rötliche Steinwand hinter ihr. „Viel Spaß bei Deutsch später!", rief Rebekka zurück und winkte ihr zu. „Danke, werd ich nicht haben!", erwiderte Sarah und winkte ihrerseits mit dem Buch, das sie für den Deutschunterricht las.

„Also ist dein Magen-Darm-Virus wieder kuriert, ja?", fragte Rebekka noch einmal nach. Amelie nickte. „Hauptsache du hast dadurch nicht abgenommen!", meinte Rebekka bestimmt, „Deine Figur ist so grazil. Wenn du noch abnimmst, wird sie nur klapprig." Amelie kicherte leise und sagte: „Ich kann es mir ja wieder anessen." „Aber nicht, dass du dann auf einmal zu dick wirst!", mahnte Rebekka lachend.

Sie verstummten, als hinter der Hausecke plötzlich zwei jüngere Mädchen hervorkamen, die überrascht stehen blieben. „Hast du keinen Unterricht?", fragte Amelie misstrauisch. Karin verschränkte die Arme und sah sie gelangweilt an. „Was geht's dich an?", fragte sie zurück. Amelies Blick wurde traurig. „Wir haben Freistunde!", erklärte Isabelle, die halb hinter Karin stand, schnell. Karin streifte sie mit einem verärgerten Seitenblick, was Isabelle nicht beachtete. Amelie lächelte sie dankend an. Dann wandte sie sich wieder Karin zu. „Das hättest du mir doch auch sagen können, Karin!", sagte sie mit Nachdruck. Karins Blick wurde wütend. „Ich muss dir nicht alles sagen!", antwortete sie laut und drängelte sich an Amelie vorbei. „Das machst du sicher auch nicht!", hörte Amelie sie noch hinter sich sagen. „Sorry.", quetschte Isabelle mit einem bemitleidenden Lächeln hervor und ging ihr nach. Amelie ging ohne ein weiteres Wort weiter und Rebekka folgte ihr.

„Hat sie dieses Problem eigentlich immer noch?", fragte sie leise nach. „Ich denke schon...", seufzte Amelie betrübt. Rebekkas Blick wurde leidig. „Du machst mich ganz depressiv.", seufzte sie ebenfalls und kramte lustlos in den Tiefen ihrer Tasche. „Tut mir leid.", lächelte Amelie etwas fröhlicher. „Das sagst du eindeutig zu oft!", meinte Rebekka wieder unbeschwert und zog freudig den Autoschlüssel auf der Tasche. Amelie stockte und sah nach links auf die Straße, die an der Schule entlanglief. Rebekka öffnete die Fahrertür des roten Zweitürers und schmiss ihre Tasche auf den Rücksitz. „Was ist los?", fragte sie Amelie, die wie angewurzelt da stand. „Amelie!", rief sie etwas lauter und Amelie erwachte aus ihrer Abwesenheit.

„Tut mir leid.", lächelte sie verlegen und ging ein Stück näher an Rebekka heran. „Ich hab vergessen, dass ich noch was einkaufen muss." „Ich kann doch schnell anhalten und du kaufst, was auch immer du kaufen willst!", erwiderte Rebekka verwundert. Amelie starrte auf den Boden und entgegnete: „Aber du meintest, du hast noch einiges vor heute und ich brauch vielleicht länger. Ich nehme dann den Bus nach Hause." Amelie versuchte Rebekka überzeugt in die Augen zu sehen, doch Rebekka erkannte das Flehen in ihrem Blick. Sie seufzte schwer. „Ok, wir sehen uns morgen.", sagte sie und stieg in das Auto ein. Amelie lächelte erleichtert. „Bis morgen dann!", erwiderte sie, bevor Rebekka die Tür schloss und aus dem Fenster winkend davonfuhr.

Amelie ging die Straße nach rechts hinunter, bis Rebekka außer Sichtweite war. Sie wartete einen Moment. Schließlich drehte sie um und lief in die andere Richtung. Ihr Rucksack schlug bei jedem Schritt schwer gegen ihren Rücken, der sich gerade erst von den Schmerzen erholt hatte. Amelie nahm die Träger in die Hände und zog den Rucksack fest an ihren Rücken heran, während sie rechts auf die Hauptstraße einbog. Sie lief so schnell sie konnte. Der unangenehme Druck in ihr trieb sie jeden Meter weit an. Ihr Rücken schmerzte erneut. Amelie zog den Rucksack noch fester an sich, doch es wurde nicht besser.

Sie blickte sich schnell um und lief über die glücklicherweise nur mäßig befahrene Straße, um in eine andere Straße nach links hin einzubiegen. Der Lärm der Hauptstraße wurde leiser. Amelie hörte das leise Tippen ihrer Schuhe auf dem Asphalt. Sie sah sich um, während sie lief. Es war eine sehr ruhige Gegend mit vielen größeren und kleineren Häusern und anderen Gebäuden. Kein Auto fuhr an Amelie vorbei. Kein Vogel sang. Die Luft stand still... Alles war ungewöhnlich still...

Amelie lief um eine Ecke und wurde langsamer. Schockiert stand sie vor dem dunkelblauen Wagen, dessen Front in einem Baumstamm endete. Die leichten Reifenspuren auf der Straße machten eine Kurve von der Mitte der Fahrbahn zu dem demolierten Wagen. Sie lag regungslos auf dem Boden. Er war wohl noch im Wagen. Ein Ruck ging durch Amelies Körper und sie erwachte aus ihrer Starre. Sie machte einen Schritt nach vorne und blieb angewurzelt stehen. Auf der anderen Seite der Szenerie stand ein nicht auffällig großer Junge, der ungefähr Amelies Alter hatte. Er trug einen weit geschnittenen, grünen Pullover und seine kurzen, blonden Haare fielen sanft auf die Kapuze an seinem Rücken. Wie versteinert starrte er Amelie an.

Amelie machte einen Schritt in seine Richtung, er tat es ihr gleich. „Ist er...?" Sie machte noch einen Schritt und rannte endlich zu dem kleinen Mädchen, das bewegungslos auf der schwarz-grauen Straße lag. Der Junge rannte zum Auto und warf einen Blick auf den Fahrer, der zusammengesunken und ebenfalls bewusstlos im Fahrersitz seines Autos saß. Sein Gesicht wurde weitestgehend vom weißen Stoff des ausgefahrenen Airbags verdeckt. Der Junge starrte ihn einen Moment lang an und lief dann zu Amelie herüber. „Ich denke, er ist ok!", rief er eilig und kniete sich zu Amelie auf den Boden. Amelie nickte kaum erkennbar. „Ja, sie ist es...", sagte sie leise und schaute traurig auf den zierlichen, wie leblos da liegenden Körper des Mädchens vor ihr. Ihre gelbe Jacke war aufgerissen und aus ihrer Nase rann langsam rotes Blut auf die Straße, wo es sich mit dem, das aus der Wunde an ihrem Kopf kam, vermischte.

Amelie blickte den Jungen immer noch verschüchtert an. Sie wusste sofort, was er war. Er war wie sie! Er trug dasselbe Wesen von Geburt an sich wie sie auch! „Warum bist du hier?", fragte Amelie unvermittelt und wurde leicht rot, als ihr auffiel, dass er ihr die gleiche Frage hätte stellen können. Sie erstarrte, als er sie aus himmelblauen Augen überrascht ansah. Er lächelte liebevoll und antwortete: „Ich denke, wir waren zufällig gleich weit entfernt von ihr." Amelie blieb stumm. Schließlich konnte sie ihren Blick von ihm wenden und konzentrierte sich ohne ein weiteres Wort auf das Mädchen. Der Junge folgte ihrem Blick.

„Sie ist acht Jahre alt.", sagte er in neutralem Ton, ohne seine Augen von ihr zu nehmen. „Sie mag den Musikunterricht und würde gern Klavier spielen können.", ergänzte Amelie. „Sie hat mal bei einem Mathetest abgeschrieben.", der Junge grinste. „Er hat sie übersehen, als sie die Straße überquerte.", sagte Amelie ernst. „Sie hat vergessen, sich vorher umzusehen.", sprach der Junge. „Ihre Mutter erwartet sie nach der Schule zu Hause…", flüsterte Amelie. Ohne sich anzusehen, hoben Amelie und der Junge je ihre rechte Hand und legten sie an den Kopf des Mädchens. Einige Sekunden verstrichen. Die Welt schien still zu stehen. Eine Träne bildete sich in Amelies Auge, als sie sah, wie sich der Brustkorb des Mädchens fast unmerklich hob und senkte. Der Junge lächelte sanft. „Wir sollten die Polizei rufen.", schlug Amelie vor und erstarrte erneut, als der Blick des Jungen sie traf. Sie spürte seinen warmen Atem auf ihrem Gesicht, als er mit einem zarten Lächeln flüsterte: „Ich bin übrigens Phillip…"

Kapitel 11

„Ich hab dir doch gesagt, dass es mir leidtut, Isi!", sagte Karin genervt in das schnurlose Telefon in ihrer Hand und öffnete die Tür zu einer kleinen Kammer. „Glaubst du, ich lasse mich freiwillig erwischen?" Sie klemmte das Telefon zwischen ihren Kopf und ihre Schulter und trug den Staubsauger aus dem dunklen Raum auf den hellen Flur. Ungeschickt schlug sie mit der Ecke des Geräts an die Tür und zuckte zusammen. Vorsichtig stellte sie ihn auf den weißen Fliesen des Flures ab, nahm das Telefon in die Hand und schaute sich um. Es war keiner zu sehen. Erleichtert seufzte Karin und schloss die Tür der Kammer wieder.

„Ach was, die Spaziergänge sind nicht das Problem!", entgegnete sie Isabelle am anderen Ende. „Ich darf mich nur nicht erwischen lassen... Zwei Wochen... Hausarrest und mehr Hausarbeit. Die spinnen doch echt... Sorry wirklich, aber sobald ich hier raus kann, gehe ich mit dir... Ich sagte doch, dass ich daran arbeite, nicht erwischt zu werden... Ok, Moralapostel, ich muss jetzt arbeiten, bye." Bevor Isabelle ihr weitere Vorträge halten konnte, legte Karin auf und seufzte. Sie legte das Telefon auf die Kommode neben sich und zog das schwarze Kabel aus dem Gehäuse des Staubsaugers, um es in die Steckdose am Boden zu stecken.

Als sie sich wieder aufrichtete, sah sie Amelies Gesicht im Spiegel über der Kommode. Karin erschrak und erstarrte für einen Moment. Dann drehte sie sich mit verschränkten Armen um und lehnte sich gegen die Kommode. Ihr Blick spiegelte Missbilligung und Ablehnung wider. „Was willst du? Ich muss arbeiten!", zischte sie Amelie an, die bewegungslos und mit ebenfalls verschränkten Armen auf dem Treppenabsatz stand. Beide schwiegen. Karin schnaubte leise und stieß sich schwungvoll von der Kommode ab, die leicht hinter ihr wackelte. Sie nahm den Griff des Staubsaugers in die Hand und begann zu saugen. Immer wieder schnellte ihr Blick zu Amelies regungsloser Gestalt auf der Treppe und zurück auf den Boden. Karin biss sich unwillkürlich auf die Lippe und zuckte schmerzvoll zusammen. Sie konnte die neue Größe ihrer Zähne noch nicht einschätzen.

Verärgert schaltete Karin den Staubsauger wieder aus und lehnte ihn an die weiß tapezierte Wand des Flurs. „Ok, was willst du von mir? Mir einen Vortrag halten?", fauchte Karin Amelie an und verschränkte erneut die Arme. Endlich lockerte Amelie ihre Arme und löste ihren Blick von Karin. „Du solltest ihnen keine Vorwürfe machen.", sagte sie ruhig, während sie sich selbst im Spiegel betrachtete. Ihr Blick ging zurück zu Karin: „Sie machen sich nur Sorgen um dich!" „Ich weiß.", brachte Karin leise hervor und sah beleidigt zu Boden.

Amelie lächelte leicht. „Was machst du eigentlich so spät draußen?", fragte sie erschöpft und setzte sich auf die

Stufen. Ihre Ellenbogen lagen sanft auf ihren angezogenen Oberschenkeln. Karins Blick wurde zornig. „Das geht dich ebenso wenig an wie die!", antwortete sie laut und atmete schwer. Amelie konnte sehen, wie das Blut in ihr wallte. „Karin…", setzte Amelie vorsichtig an und seufzte, „Du weißt hoffentlich, dass du mir alles sagen kannst. Wenn du zum Beispiel Probleme hast…" Karin unterbrach sie sofort: „Ich habe keine Probleme, ich habe nur ein Leben! Und nur weil dich alle als eine Heilige betrachten, die aller Welt Probleme lösen kann, heißt das noch lange nicht, dass das stimmt!"

Sie wurde still. Amelie sah betrübt auf ihre weich schimmernden Hände und schwieg. „Tut mir leid…", hauchte Karin und sah ebenfalls zu Boden. Sie wusste, dass Amelie nicht gekränkt oder beleidigt war, sondern dass sie traurig war, weil sie Karin nicht helfen konnte. Karins Arme verkrampften sich vor ihrer Brust und entspannten sich wieder. „Ich werde draußen weiter machen…", sagte sie in neutralem Tonfall und ging schnell den Flur hinunter zur Haustür. Amelie hörte, wie die Tür schwer hinter ihr ins Schloss fiel.

„Warum muss sie mich so quälen?", fragte Karin sich in Gedanken, als sie mit den Händen in den Jackentaschen den gepflasterten Weg entlang zum Rasen des Vorgartens ging. „Weiß sie nicht, dass ich alles dafür geben würde, es jemandem sagen zu können?" Sie blieb vor dem grünen Rasenmäher, der schon einige Schrammen hatte, stehen und schloss resigniert die Augen. „Nein, tut sie nicht…", sagte sie leise und startete den laut aufbrausenden Motor. Lustlos schob sie die Räder des Mähers über den Boden, der sich mit monotonem Brummen den Weg durch das wilde Grün bahnte.

Karins Schritte wurden schneller. Der Mäher holperte über den unebenen Boden. Karin erhöhte das Tempo noch mehr und begann zu laufen. Sie lächelte. Eilig rannte sie die Rasenfläche entlang, drehte um und begann die nächste Bahn. Sie genoss jeden Schritt der kurzen Sprinte, die ihr das Gefühl der Freiheit verschafften konnten, das sie andauernd zurückhalten musste. Viel zu schnell war sie mit den beiden Flächen vor dem Haus fertig. Erschöpft schaltete sie den Motor aus und ließ sich auf das frisch geschnittene Gras fallen. Sie atmete schnell und tief. Der Geruch des Grases stieg in ihre Nase und erfüllte ihren Körper. Karin war es gewohnt, nicht jeden Tag jagen zu gehen. Doch einen Tag lang nicht den Wind in ihrem Gesicht zu spüren, der sie umspielte, wenn sie rannte, hätte sie nicht ertragen können.

Karin stand wieder auf und holte den leicht zerfransten Besen, der an der rot geziegelten Hauswand lehnte. Noch immer schmunzelnd begann sie den Pflastersteinweg, der von der Haustür zur Straße führte, von kleinen und großen Grasbüscheln zu befreien. Wieder einigermaßen ruhig ging sie Schritt für Schritt rückwärts in Richtung der Straße. Der grüne Haufen, den sie dabei mit dem Besen zusammenfegte, wurde kaum merklich größer.

Plötzlich stieß ihr Rücken gegen etwas Warmes, das leicht unter ihr nachgab. Sie drehte sich um und betrachte verärgert den großen Jungen mit den dunklen Haaren und der schwarzen Jacke, der vor ihr stand. Sie war überrascht, wie gut er aussah, doch sie behielt ihre böse Mine bei. „Hey, was soll das?", rief sie unvermittelt und sah wütend zu ihm auf. Der Junge erwiderte ihren Blick und gab grimmig zurück: „Was redest du? Du bist ja wohl in mich reingelaufen!" Karin biss sich auf die Lippe vor Wut und konnte ihren Schmerzreflex gerade noch unterdrücken.

Der große, schwarze Hund, den der Junge an der Leine führte, bellte Karin abwehrend an und knurrte. Karin sah erbost zu ihm herab und knurrte kaum hörbar zurück. „Keine Angst, sie tut nichts.", sagte der Junge und Karin lockerte ihren Blick. Der Junge hockte sich nieder und streichelte den Hund, während er erklärte: „Luna muss Menschen immer erst kennen lernen, bevor sie sie mag." Er wandte sich lächelnd zu Karin um. „Und vor allem, wenn sie mich so aggressiv ansprechen!"

Karin schnaubte leise und der Junge stand wieder auf. Er betrachtete Karin und grinste. Die schwarzen Bartstoppeln an seinem Kinn machten einen Sprung. „Ich wusste gar nicht, dass hier ein Gefängnis ist…", sagte er spottend. Karin schaute ihn verwirrt an. Dann betrachtete sie den Besen in ihren Händen, welche fast gänzlich von dem orangenen Stoff ihrer Fleecejacke verdeckt wurden. Ein kurzes Lächeln huschte über ihr Gesicht. „Ist erst vor Kurzem eröffnet worden.", erklärte sie monoton. Das Lächeln des Jungen wurde breiter.

„Und wie viel haben die Insassen bekommen?", fragte der Junge amüsiert, während Luna unruhig um seine Beine herum lief. Karin grinste verabscheuend und blickte zu Boden: „Am liebsten lebenslänglich! Aber bei guter Führung zwei Wochen." „Und hast du dann in zwei Wochen schon was vor?", fragte der Junge ungeniert. Karin sah erstaunt zu ihm auf. Der Junge blickte sie erwartungsvoll an. Karin sah verlegen zu Boden und überlegte kurz. Dann hob sie ihren Blick wieder und sagte: „Sorry, aber ich geh nicht allein mit Typen weg!"

Der Junge behielt seinen Gesichtsausdruck bei: „Dann lad ich einfach ein paar Freunde von mir ein und wir sind nicht mehr allein. Und wenn du auch jemanden mitbringen willst…" Karin schloss resigniert die Augen und grinste. „Ich bringe wohl eine Freundin mit…", seufzte sie lächelnd. Luna winselte leise und blickte den Jungen von unten her an. Karin warf ihr einen bösen Blick zu.

„Cool.", meinte der Junge schnell und schaute kurz auf Luna. „Ich glaube, ich muss weiter. Ich geh davon aus, dass du hier wohnst?" Karin warf einen Blick auf ihr Haus und antwortete: „Nee, aber die Besitzer sind nicht da, deshalb klaue ich ihr abgemähtes Gras." Der Junge lachte leise und sagte: „Sieht nach Qualitätsgras aus… Nebenbei, mein Name ist Michael." Er streckte Karin die freie Hand entgegen. „Karin.", erwiderte diese und strich sich eine braune Strähne hinters Ohr, bevor sie seine Hand ergriff.

Kapitel 12

„Also, lass mich das noch mal zusammenfassen...", sagte Isabelle nachdenklich und sah Karin misstrauisch an. Der Schulhof war mit kleinen und großen Schülergruppen gefüllt, die alle laut durcheinander redeten. Behutsam biss Karin in das belegte Brötchen, das sie sich gerade in der Cafeteria gekauft hatte. Ihre Zähne taten nicht weh. Erleichtert begann sie zu kauen und zuckte sofort schmerzvoll zusammen. Deprimiert sah sie auf das Brötchen und kaute langsamer weiter. „Du bist in den Typen reingelaufen und hast ihn deshalb angemeckert...", Isabelle zählte mit den Fingern mit, „Du warst unhöflich und sein Hund mochte dich nicht... Und deswegen will er jetzt mit dir ausgehen?" „Ich hätte eher *trotzdem* gesagt...", korrigierte Karin immer noch kauend.

„Also für mich klingt er unsympathisch!", meinte Isabelle und sah Karin besorgt an, „Alleine dieser große, schwarze Hund..." Karin schluckte schnell und fiel ihr ins Wort: „Luna ist ein ganz normaler Labrador. Und auch wenn sie nicht mein Favorit ist und sie mich auch nicht wirklich leiden kann, ist sie nicht bösartig, glaub mir." Isabelle behielt ihren Blick bei, während sie einen Apfel aus ihrer Tasche kramte. „Ich weiß nicht...", seufzte sie und stelle ihre Tasche auf dem Boden ab. „Erzähl mir was von ihm, das nicht gruselig oder kriminell klingt."

Karin überlegte nicht lange: „Also er heißt Michael Schulze und ist 19 Jahre alt. Er wohnt nicht mehr bei seinen Eltern, sondern in einem Appartementhaus etwa 15 Minuten von mir entfernt." „Ist er ausgezogen oder haben sie ihn rausgeschmissen?", stichelte Isabelle. Karin warf ihr einen vorwurfsvollen Blick zu und erzählte weiter: „Er arbeitet bei *Plus-Minus-Markt*." „Dem Elektrofachhandel?", fragte Isabelle nach und biss von ihrem Apfel ab. Karin sah sie genervt an. „Welchen sonst?", erwiderte sie und Isabelle zuckte mit den Schultern.

„Luna ist der Hund seiner Ex.", fuhr Karin fort, „Sie haute ab und ließ sie einfach bei ihm…" „Klingt nach einer netten Freundin.", kritisierte Isabelle und zog eine Augenbraue nach oben. „*Ex*-Freundin!", betonte Karin und blickte verträumt auf den Boden. „Und er hat tolle Haare…", seufzte sie und verschwand in ihren Gedanken. Isabelle sah sie stumm an und biss erneut in ihren Apfel. Karin bewegte sich nicht.

„Karin!", rief Isabelle plötzlich und Karin schreckte hoch. Sie lächelte verlegen: „Sorry…" Isabelle starrte sie weiter verwundert an. Sie lächelte verschmitzt. „Du scheinst ihn wirklich zu mögen!", vermutete sie und ging zu einem nahen Mülleimer, um die Überreste ihres Apfels wegzuwerfen. „Karin Fischer, die alle ohne Grund von sich fernhält…", sprach sie im Zurückkommen, „…und immer nur alleine sein will… ist verliebt." Karin stürmte auf sie zu und presste ihre Hand auf Isabelles Mund. „Spinnst du?", fuhr sie Isabelle wütend an. „Posaun das doch nicht so herum!" Isabelle ergriff ihr Handgelenk und drückte sie wütend von sich weg. „Schon gut!", entgegnete sie laut und wischte sich über den Mund.

Ihr Gesicht entspannte sich wieder. Sie grinste wissend. „Aber ich hab Recht, oder?", mutmaßte sie. Karin biss sich wütend auf die Lippe. „Ja, hast du.", presste sie leise hervor und Isabelles Grinsen wurde noch breiter. Sie sprang auf Karin zu und umarmte sie schwungvoll. Karin spürte ihren Herzschlag und ihre Körperwärme. „Nicht!", dachte sie verzweifelt. Mit leichten Schlägen boxte sie gegen Isabelles Oberkörper und versuchte sie von sich weg zu stoßen. „Isi!", wollte sie hervorbringen, doch ihre Stimme war zu schwach. Das Blut rauschte durch Karins Adern und baute einen unerträglichen Druck auf. Sie hatte das Gefühl, ihre Blutgefäße würden platzen. Ihre Schläge wurden stärker.

„Au!", hörte sie Isabelles dumpfe Stimme und stoppte die Schläge. Isabelle trat von ihr weg und sah sie wütend an. Sie rieb sich den Bauch. Karin sah nur verschwommen. Die Stimmen der anderen Schüler waren verschwunden. Auf zitternden Beinen versuchte Karin das Gleichgewicht zu halten. Sie atmete tief und schnell. „Karin?", hörte sie Isabelle erneut. Ihre Stimme wurde lauter. Die Welt schwankte. Ihr Blut verlangsamte sich wieder. Plötzlich stand die Welt wieder still. „Karin?", fragte Isabelle noch einmal. Karin blinzelte einige Male und das Bild war wieder klar. Die Stimmen der anderen Schüler schlugen auf ihre Ohren ein. Sie sah Isabelle erschöpft an.

Isabelles Blick war besorgt. „Was hast du denn?", fragte sie scheu nach. Karin richtete sich wieder auf und lächelte schwach. „Es ist wieder ok!", antwortete sie leise. Langsam kehrte die Kraft in ihre Beine zurück. „Du brauchst dir keine Sorgen zu machen!", ergänzte sie, als wäre nicht gewesen. „Wirklich?", fragte Isabelle unsicher. „Wirklich!", entgegnete Karin genervt. Isabelle seufzte erleichtert. „Was war denn los?", wollte sie wissen. Karin sah sie kritisch an: „Ich hab dir doch gesagt, dass ich es hasse, umarmt zu werden!" „Ich weiß…", erwiderte Isabelle, „Aber du bist davon noch nie zusammengebrochen!" „Übertreib nicht!", sagte Karin und hob den Rest ihres Brötchens auf, das sie auf den Boden hatte fallen lassen, um ihn in den Müll zu werfen. „Wirst du's denn in Zukunft wenigstens sein lassen?", fragte Karin, als sie wieder da war. Isabelle konnte wieder lächeln: „Vielleicht…"

„Also kommst du jetzt mit?", fragte Karin sie zum zweiten Mal. Isabelle überlegte. „Du bist dir bewusst, dass er eigentlich eher in die Generation deiner Schwester gehört?", merkte sie zweifelnd an. „Und?", erwiderte Karin schulterzuckend. „Und er wohnt alleine… Du weißt, worauf das hinaus läuft?", ergänzte Isabelle schmunzelnd. Karin grinste verlegen: „Hör auf, du weißt doch, wie ich dazu stehe." Isabelle kicherte. „Ja, leider…", antwortete sie und Karin verzog beleidigt den Mund. „Oh… Ok, plan mich mit ein!", sagte sie schließlich. „Danke." Karin lächelte leicht.

Sie ließ ihr Lächeln wieder fallen. Isabelle drehte sich verwundert um, um herauszufinden, was Karin gesehen hatte. Sie sah Amelie mit ein paar Mitschülern auf der anderen Seite des Schulhofes stehen. Verwundert wandte sie sich wieder Karin zu und meinte: „Irgendwann müsstest du dich doch mal daran gewöhnen, dass Amelie und du auf die gleiche Schule gehen!" Karin löste ihren Blick von Amelie und schnaubte leise.

„Was ist eigentlich dein Problem mit ihr?", fragte Isabelle unvermittelt. Karin sah wütend auf den Boden. Ihr Blick hob sich wieder und sie antwortete: „Ich finde es einfach ätzend, wie perfekt sie ist!" Ihre Stimme hob sich spottend: „Sie ist ja so nett und brav und bei allen beliebt. Sie versprüht Sonnenschein, wo immer sie auch hin kommt..." Ihr Tonfall schlug wieder in Verachtung über: „Schrecklich..."

„Ja, ich kann mir vorstellen, dass das nervt.", stimmte Isabelle zu und zog einen Mundwinkel nach oben, „Doch wir kennen dich beide gut genug, um zu wissen, dass das nicht der Grund ist..." Karin sah sie verwundert an. Dann schloss sie die Augen und lächelte aufgebend. „Ja, ich weiß..."

Es klingelte zur nächsten Stunde. Die Masse an Schülern setzte sich träge in Bewegung und strömte langsam in Richtung Eingang. Karin und Isabelle warteten wie gewohnt, bis sie alle in dem großen, rot-orangenen Bau verschwunden waren. „Ich spreche dann heute mit Michael ab, wann und wo wir uns treffen und rufe dich heute

Abend an." sagte Karin, als sie in einigem Abstand von der Tür standen und dem Gedränge und Geschubse der anderen zusahen. „Kommt der Typ dich etwa jeden Tag besuchen oder wie?", fragte Isabelle kritisierend. Karin lächelte kurz. „Aber heute Abend bin ich nicht da.", ergänzte Isabelle und gähnte. Karin sah sie verwundert an. „Ich hab Klavierunterricht, das weißt du doch!", erklärte Isabelle vorwurfsvoll.

„Ach so.", erwiderte Karin gelangweilt. Sie schwiegen einen Moment. „Pass aber auf!", fing Karin wieder an, „Ich hab gehört, in dem Park da soll so ein durchgeknallter Hund oder so was rumlaufen, der die Tiere da jagt und ihr Blut trinkt oder so ähnlich und den Rest lässt er dann liegen." Ein Grinsen huschte über Isabelles Gesicht. „Voll gruselig…", fügte Karin angewidert hinzu und drehte ihren Kopf zu Isabelle um. Diese lächelte zuversichtlich und sagte: „Keine Sorge. Ich bin mir sicher, dass mir keine Gefahr droht…"

Kapitel 13

„Ja, ich kenne das...", sagte Phillip mit wissendem Lächeln und sah Amelie mitleidig an. Trotz der prallen Sonne, die in den Park um den See herum schien, war es nur mäßig warm. Amelie zog ihre schneeweiße Jacke zurecht und sah Phillip an, als er weiter sprach. „Dieses Gefühl, wenn einem die Flügel wachsen, ist schlimmer als normale Wachstumsschmerzen in den Beinen oder Armen, nicht?", erzählte er, „Bei mir war es damals zwar nicht so schlimm wie bei dir, aber ich finde, es war trotzdem schmerzhaft genug. Das muss ich nicht noch einmal haben!"

Amelie nickte still und schaute auf ihre Hände. Die grüne Bank, auf der sie saßen, vermischte sich im Hintergrund ihres Blickes mit der grün-roten Umgebung. Die Zeit der Blüte war gerade angebrochen. Amelie lächelte. „Und dennoch...", sagte sie leise, „Als ich *krank* zu Hause in meinem Bett lag und darauf hoffte, dass die Schmerzen bald vorüber seien, habe ich ihn verflucht... diesen Teil meines Lebens! Ich war schließlich alleine zu Hause, die Schmerzen wurden stärker und kamen wehenartig und plötzlich... plötzlich waren sie da! Ich konnte sie spüren. Ich spürte, wie die Gliedmaßen an meinem Rücken hingen, wie ihr Gewicht ungewohnt an ihm zog. Ich konnte sie bewegen, es war gar nicht schwer. Denn schließlich gehören sie ja mir! Wie ein Baby, das nicht darüber nachdenkt, wie es seine Arme oder Beine bewegen kann… Es tut es einfach!"

Phillip sah sie erstaunt an. Amelie wandte sich ihm zu. Erst jetzt sah Phillip die kleinen Tränen in den äußersten Winkeln ihrer Augen, die sich wie winzige Diamanten in ihnen verborgen hatten; bis jemand sie zu Tage fördern und der ganzen Welt präsentieren konnte. „Es ist vielleicht noch ein wenig unbeholfen!", ergänzte Amelie und lachte glücklich. Ein Lächeln ergriff Phillips Lippen. Ihr Blick senkte sich wieder. „Doch dieser Moment… als ich meine Flüge zum ersten Mal spürte, sie sehen, sie anfassen konnte… Als der erste gerichtete Impuls meines Gehirns meine Nerven so anregte, dass ich sie ein Stück weit bewegen konnte… Dieser Moment war wohl der schönste meines Lebens…"

Amelie kniff die Augen zusammen und die glitzernden Steine rollten anmutig ihre sanften Wangen hinunter. Phillip legte seine zarte Hand an ihr Gesicht und wischte die Tränen vorsichtig weg. Das Wasser perlte von seinem Handrücken ab und rann zu seinen Fingern herunter, bevor es in der trockenen Luft verschwand. Er lächelte liebevoll. „Du hast Glück!", sagte er freundlich und Amelie öffnete ihre Augen langsam. „Du hast das erfahren, wonach wir alle streben…", ergänzte Phillip ruhig, „Vollkommenheit!"

„Du konntest dich einen Moment lang vollständig fühlen.", fuhr Phillip fort, „Das ist den meisten von uns fast unmöglich. Viele wissen nicht, wie sie ihr inneres Selbst ausleben können, ohne entdeckt zu werden oder jemanden zu verletzen." Amelie schlug die Augen nieder und drehte sich ein Stück von Phillip weg. „Ich denke, wir Engel haben es da noch mit am leichtesten! Wenn wir wir selbst sein wollen, müssen wir eigentlich nur…", er stockte, als er Amelies Betrübnis sah. „Was ist denn?", fragte er vorsichtig und ergriff eine ihrer Hände, die in ihrem Schoss ruhten.

Amelie erwiderte zaghaft seinen Griff. „Ich… Ich mache mir Sogen um meine Schwester…", erklärte sie leise. „Wieso? Was ist mit Karin?", fragte Phillip sofort nach und rückte ein Stück näher an sie heran. „Sie…", Amelie stockte, als sie das ältere Ehepaar wahrnahm, das gerade an ihnen vorbei ging. Die Frau lächelte Amelie freundlich an, als diese die beiden still betrachtete. Höflich erwiderte sie das Lächeln und ließ die Augen wieder fallen. Sie wartete noch einen Moment, bis sie meinte, sie könnten das Gespräch nicht mehr mithören.

Amelie seufzte fast lautlos. „Sie ist eine von uns!", platzte sie plötzlich heraus. Phillips Augen wurden groß. „Wie? Du meinst…", stammelte er aufgeregt. „Du meinst, sie ist auch ein Engel?" Amelie schüttelte schweigend den Kopf. „Was dann?", fragte Phillip neugierig nach. „Das… Das kann ich nicht sagen!", erklärte Amelie unbeholfen und schaute Phillip in die himmelblauen Augen, „Ich meine, es ist nicht mein Geheimnis, sondern ihres! Ich sollte es nicht rum erzählen. Eigentlich habe ich schon zu viel gesagt..." Sie sah Phillip hilflos an und erwartete eine Antwort.

Phillip seufzte und drückte ihre Hand eine Sekunde lang fester. „Und deine Sorgen beziehen sich jetzt darauf, dass sie sich nicht ausleben kann oder dass sie nicht klarkommt? Oder etwa, dass sie jemanden verletzt?" „Nein... Ja... Alles irgendwie...", Amelie suchte nach den passenden Worten. „Ich wünschte, sie würde mit mir darüber reden. Nur damit ich weiß, dass sie ok ist!" „Na ja, sie darf mit niemandem darüber reden, das weißt du doch...", meinte Phillip nachdenklich.

Er stockte. „Moment, wenn sie es dir nicht erzählt hat, woher weißt du es dann?", fragte er irritiert. Amelie schloss die Augen für einen Moment. Ihre Lider zitterten fein, als sie sich die Szene wieder ins Gedächtnis rief. „Ich habe sie einmal beobachtet...", beschrieb sie die Bilder in ihrem Kopf, „Ich wollte sie zum Essen holen, doch ich habe nicht geklopft, weil ich sie erschrecken wollte. Ich war damals dreizehn und sie elf. Ich öffnete die Tür leise und steckte meinen Kopf in ihr Zimmer. Das Licht war dämmrig, ich konnte erst gar nichts sehen. Doch als meine Augen sich an die Lichtverhältnisse gewöhnt hatten, konnte ich sie sehen. Sie saß mit angezogenen Beinen auf dem Boden und weinte still vor sich hin. Ihre Pfoten schimmerten nass von den Tränen, die sie damit immer wieder abwischte. Ich atmete wohl zu laut, denn plötzlich zuckten ihre Ohren und sie merkte auf. Ich war so erschrocken, dass ich meinen Kopf sofort zurückgezogen habe und mit klopfendem Herzen an der Wand neben der Tür stand. Ich hörte kein Geräusch aus ihrem Zimmer…"

„Ich hatte mein Engelspotential zu der Zeit bereits kennen gelernt…", fuhr Amelie mit ruhiger Stimme fort, …ich wusste also, wie man sich fühlt, wenn man es entdeckt. Ich wollte sie nicht damit konfrontieren, ich konnte es auch nicht! Ich sagte meinen Eltern einfach, sie würde schlafen… Seitdem habe ich jede Verbindung zu ihr verloren. Ich hielt mich von ihr fern. Und jetzt, wo ich bei ihr sein will… ist sie zu weit weg." Amelie schwieg. Der kühle Wind rauschte sacht durch die Blätter und Äste der umstehenden Bäume. „Ich denke, du musst einfach selbst entscheiden, ob du sie konfrontieren willst oder nicht.", brach Phillip die Stille des Moments. Amelie öffnete die Augen wieder. Phillip lächelte lieb. „Ich bin mir sicher, dass du dich richtig entscheiden wirst." Amelie erwiderte sein Lächeln und hauchte: „Danke."

Die beiden gingen wieder ins Schweigen über. Krampfhaft überlegte Phillip, wie er die bedrückte Stimmung wieder ein Stück weit lösen könnte. Er lehnte sich auf der Bank zurück und sagte: „Mal eine ganz andere Frage… Mit wie vielen Jungs warst du vor mir eigentlich schon zusammen?" Amelie stutzte. „Was?", fragte sie erstaunt. Phillip lächelte sie wissend an. „Du weißt doch, was ich meine, oder?", hakte er nach. Amelie lächelte verstehend. „Mit keinem!", lachte sie. Phillip erschrak. „Mit keinem?", wiederholte er die Antwort. Amelie schüttelte fröhlich den Kopf.

„Ich bin mal mit einem Jungen weggegangen und das endete schlimm.", erklärte sie deutlich unbeschwerter als zuvor. „Außerdem kann ich mir ja nie sicher sein, ob mich jemand wirklich mag oder ob der Engel in mir ihn nur verzaubert hat." „Dich stört es also auch, dass die meisten Leute von unserem Engelswesen angezogen werden!", vermutete Phillip sofort und starrte mit ernster Mine auf den weiß glänzenden See vor ihnen. „Ja sicher!", seufzte Amelie genervt, „Ich kann ja nie mit jemandem weggehen, weil nicht weiß, ob ich diejenige bin, die er will." „Natürlich bist du es!", widersprach Phillip lächelnd und sah sie an, „Nur anders, als er es denkt…"

Er wandte sich wieder dem See zu. „Und was das mit dem Ausgehen angeht…", begann er wieder, „Ich bin auch so mit ihnen ausgegangen. Selbst wenn sie nur den Engel in mir wollten." Amelie zog die Augenbrauen nach oben. „Meinst du nicht, dass du die Mädchen dann ziemlich ausnutzt?", fragte sie vorwurfsvoll. Phillip schüttelte den Kopf. „Warum denn?", entgegnete er, „Im Grunde erfülle ich ihnen doch nur ihren Wunsch damit…" Amelie war immer noch skeptisch.

„Aber stört es dich nicht, dass du nie eine richtige Beziehung deswegen führen kannst?", fragte sie und verschränkte die Arme vor der Brust. „Du weißt doch nie, wer dich wirklich mag…" Phillip lachte leise und antwortete: „Ich kann eine richtige Beziehung führen!" Amelie verstummte. Phillip blickte sie glücklich an und ergänzte: „Mit dir…" Amelie erkannte sofort, wie wage dieses Argument war, denn wie wahrscheinlich ist es schon für einen Engel, einem anderen auf der Straße zu begegnen, sein Geheimnis herauszufinden und sich in ihn zu verlieben. Doch sie wollte Phillips rührende Worte nicht zunichte machen.

„Darf ich sie sehen?", fragte Phillip unvermittelt. Amelie sah ihn verständnislos an. „Deine Flügel.", erklärte Phillip ruhig, „Darf ich sie sehen?" Amelie sah sich um. „Aber wir sind mitten in der Öffentlichkeit!", presste sie mit gedämpfter Stimme hervor. Phillip zuckte grinsend mit den Schultern. „Hier kommt sowieso keiner mehr vorbei.", meinte er und sah Amelie zuversichtlich an. „Ich weiß nicht…", zögerte Amelie und senkte den Blick auf ihre Hände.

Plötzlich nahm sie das helle Weiß in ihrem Augenwinkel wahr. Ihr Kopf schnellte erschrocken zu Phillip herum. Fassungslos starrte sie auf die riesigen Schwingen, die hinter Phillip hervorgetreten waren und ihn wie einen Schutzmantel umgaben. Sie wollte etwas sagen, doch er ergriff ihre Hände und sah ihr tief in die Augen. Die strahlende Sonne brach sich an seinen Flügeln und warf einen grauen Schatten auf eine Hälfte seines Gesichts.

Amelie schloss entspannt die Augen und spürte, wie sich ihre Jacke über den aufsteigenden Hügeln an ihrem Rücken spannte. Mit einem sanften Ruck barst der helle Stoff und die schimmernden Federn traten hervor. Schwungvoll breiteten sich ihre Flügel der Länge nach aus und reflektierten das gleißende Sonnenlicht in alle Richtungen. Sie umfassten Amelies Körper sanft und hüllten ihn in ihren erhabenen Schleier ein. Phillip lächelte zufrieden. Amelie öffnete ihre Augen wieder und erwiderte sein Lächeln glücklich. Ihre seidigen Federn stießen vorsichtig auf seine, als er sich langsam vorbeugte und seine Hand auf ihre Wange legte. Friedlich schloss Amelie ihre Augen, als sie die Berührung seiner Lippen wahrnahm.

Kapitel 14

„Ich glaube ja, Karin ist ein Werwolf!", sagte das Mädchen mit dem blonden, hoch angesetzten Haarknoten grinsend. Karin zuckte erschrocken zusammen und wich ihrem Blick aus. Das Mädchen schlug mit der flachen Hand auf den Tisch rief: „Da, sie hat gezuckt! Das hat sie verraten!" Einige andere Gäste der dämmrig beleuchteten Bar drehten sich nach ihr um. Manche kniffen verärgert die Augen zusammen.

„Vielleicht solltest du nicht ganz so laut sein.", meinte der Junge mit dem kantigen Gesicht, der ihr gegenüber saß. Sein Kopf war an das ebenfalls blonde, schlanke Mädchen neben ihm gelehnt und ein paar seiner schwarzen, glänzenden Strähnen fielen auf ihr Gesicht. Das Mädchen lächelte stumm und spielte mit der einen Hand an den langen Haarsträhnen, die glatt über ihre Schulter fielen, während die andere um die Taille des schwarzhaarigen Jungen herum griff.

„Sorry.", lachte die mit dem Haarknoten herb, „Ich gehe in Spielen immer ein wenig auf." Der Schwarzhaarige schnaubte leise. Karin sah das Mädchen an und lächelte verschmitzt. „Aber du hast sofort jemanden beschuldigt!", konterte sie, „Vielleicht willst du ja nur jemanden anklagen, damit wir gar nicht erst auf dich kommen…" Das Mädchen grinste amüsiert. Karin wandte ihren Kopf hoffnungsvoll zu dem braunhaarigen Mädchen mit den feinen

Gesichtszügen, das zwischen ihr und dem Mädchen mit dem Haarknoten saß. Die Braunhaarige dachte angestrengt nach.

„Was gibt es denn da zu überlegen?", warf das Mädchen mit dem Haarknoten wieder lauter in den Raum und lehnte sich auf dem Tisch nach vorne. Ihre großen Brüste lagen sanft auf der Tischplatte auf. „Also ich bin mir sicher, dass es Karin ist!" „Ok, ok...", meldete sich der hagere Junge mit dem hellbraunen Strubbelhaar, der neben ihr saß, endlich. „Stimmen wir ab." Er lächelte freundlich.

„Sabrina?", sprach er das Mädchen mit dem Haarknoten an und wartete. „Karin.", entgegnete sie grinsend. Karin sah sie stumm an. „Lillie?", fragte er das braunhaarige Mädchen neben ihr. Sie zögerte einen Moment. „Karin.", stimmte sie Sabrina schließlich zu und Karin schloss resigniert die Augen. „Karin?", fragte er weiter. „Sabrina.", seufzte sie, da das Urteil bereits feststand. Sabrina lächelte triumphierend. „Na gut, dann gucke mal ihre Karte an.", meinte der Junge, beugte sich über den Tisch und zog die umgedrehte Karte vor Karin an sich heran. „Tut mir leid, aber du hast wirklich verdächtig gezuckt...", sagte Lillie mit liebem Gesichtsausdruck zu Karin und berührte ihre Schulter sanft. Karin starrte auf ihre Hand und rang sich zu einem Lächeln durch. „Schon in Ordnung."

„Und, was ist sie jetzt, Dennis?", fragte das Mädchen mit dem langen, blonden Haaren vom anderen Ende des Tisches herüber. Dennis sah sich die Karte an und lächelte. „Tja...", setzte er an, „Karin ist... leider nur ein Dorfbewohner!" Mit einer schnellen Bewegung drehte er die Karte zu den anderen Leuten am Tisch um und zeigte sie einmal herum.

„Was hab ich verpasst?", fragte Isabelle, die gerade an den Tisch heran trat und sich an Sabrina und Lillie vorbei drängelte, um zu ihrem Platz neben Karin zu gelangen. Einige dünne Strähnen ihres schwarzen Haars fielen fein über ihre Schultern, als sie sich setzte. „Die Werwölfe haben gewonnen!", johlte Sabrina und lachte. „Es ist nämlich nur noch ein Werwolf und ein Mensch übrig und der wird in der nächsten Nach gefressen!" „Also warst du doch ein Werwolf!", fuhr Lillie sie erstaunt an. Sabrina lachte zur Antwort. Lillie drehte sich zu Karin um. „Ich hätte dir doch glauben sollen.", sagte sie ruhig und lächelte. „Kein Problem.", entgegnete Karin zurückhaltend.

„Sie hat aber wirklich auffällig gezuckt.", meinte Dennis, als er die restlichen Karten zusammensammelte und begann sie zu mischen. „Ich hätte sie auch für einen Werwolf gehalten." „Sie hat wohl das Spiel noch nicht ganz verstanden.", stichelte der schwarzhaarige Junge grinsend und bekam von der Blonden einen leichten Stoß in die Rippen. „Ich wusste die ganze Zeit, dass sie kein Werwolf ist!", warf Michael neben Karin ein. Sie schaute ihn erstaunt an. „Sieht sie etwa aus, wie eine menschenfressende Bestie?", sagte er lieb. Vorsichtig strich er ihr eine kleine, braune Strähne hinters Ohr und ergänzte: „Sie ist doch auf keinen Fall so ein verzotteltes Monster."

Karin zwang sich, die Emotionen, die in ihr aufkochten, zu unterdrücken. Ihr Gesicht blieb ausdruckslos und sie schwieg. „Jetzt schon!", schrie Isabelle plötzlich hinter ihr und verwuschelte schnell ihre kurzen Haare. Karins Kopf schnellte zu ihr herum und sie warf ihr einen bösen Blick zu. „Sorry.", kicherte Isabelle und begann Karins Haare wieder zu glätten. „Warum bist du noch mal mit gekommen?", presste Karin wütend hervor und behielt ihren Blick bei. Isabelle verzog schmollend den Mund.

„Aber Michael hat Recht!", meinte Dennis grinsend, „Ein verstrubbeltes, wildes Monster passt wirklich besser zu Sabrina!" Sabrina streckte ihm zur Antwort lachend die Zunge raus. „Ich geh mal zur Toilette.", meinte das blonde Mädchen plötzlich und stand auf. „Ich auch.", grinste der schwarzhaarige Junge und folgte ihr. „Wollen wir denn noch einmal spielen oder nicht?", fragte Dennis, der noch immer die Karten in der Hand hielt. „Och nö, muss nicht sein.", antwortete Michael und lehnte sich auf der Eckbank zurück. „Ich finde, es reicht." Er gähnte gelangweilt und streckte seine Arme auf der Rückenlehne der Bank aus. Karin drehte ihren Kopf nach rechts und betrachtete erschrocken wie dicht seine Hand ihrem Gesicht war. „Ich finde auch, dass es genug ist.", stimmte Lillie Michael zu und lächelte fröhlich in die Runde.

„Gut, dann gehe ich eine rauchen.", sagte Dennis und verstaute die Karten in seiner Jackentasche, aus der er sogleich eine Packung Zigaretten und ein Feuerzeug hervorzog. „Und ich gehe auf die Toilette!", sagte Karin leise und konnte ihren Blick endlich von Michaels Hand lösen. Sie stand auf, doch Michael hielt ihren Arm fest. Karin schluckte hart. „Was ist?", fragte sie heiser und sah zu ihm herunter. „Ich glaube nicht, dass du jetzt auf die Toilette willst.", lächelte er amüsiert. Karin sah ihn verwundert an. „Wieso denn nicht?", fragte sie und vergaß völlig, dass er noch immer ihren Arm festhielt.

„Na ja... Claudia und Mark sind...", begann Michael stockend. „Lass sie doch!", warf Dennis ein, der sich inzwischen entschieden hatte, seine Jacke doch anzuziehen. „Mit 16 Jahren dürfte sie über das Thema Bescheid wissen. Also, wenn sie in Bio aufgepasst hat..." Karins Augen wurden weit. „Ich warte lieber!", sagte sie schnell und setzte sich schwungvoll auf die roten Polster der Bank. Dennis lachte leise und verließ die Bar.

„Ich brauche ein wenig frische Luft.", sprach Michael Karin leise von der Seite an. „Kommst du mit?" Karin warf einen hilflosen Blick auf Isabelle, die sich gerade angeregt mit Sabrina und Lillie zu unterhalten schien. „Dennis ist immerhin auch draußen...", dachte sie, um sich selbst zu beruhigen. Sie sah Michael leicht lächelnd an und antwortete: „Sicher."

Die Nachtluft war frisch, doch es wehte kein Wind. Ein Schauer fuhr durch Karins Körper, als sie aus der Bar hinaustraten. „Warum hab ich meine Jacke drinnen gelassen?", dachte sie und rieb ihre Arme. Plötzlich spürte sie, wie dunkles Leder ihren Oberkörper einhüllte. „Ach ja, deshalb...", dachte sie lächelnd. „Du kannst meine Jacke haben, wenn du willst.", meinte Michael und stellte sich in seinem dunklen Sweatshirt vor sie hin. „Aber dann frierst du…", erwiderte Karin mit neutralem Ton, während sie die Jacke vor ihrer Brust zusammenzog und den lila Pullover darunter verdeckte. Michael zuckte mit den Schultern. „Na und?", entgegnete er und grinste. Ein Lächeln huschte über Karins Gesicht.

Ihr Kopf schnellte herum, als sie die Zigarette auf dem Boden aufkommen hörte. Dennis trat sie aus und ging wieder in die Bar zurück. Karins Herz schlug schneller. „Was mache ich jetzt nur?", dachte sie verzweifelt und suchte nach einer Ausrede, wieder rein zu gehen. „Und wie findest du meine Freunde?", riss Michael sie aus ihren Gedanken. „Sie sind nett.", versuchte Karin überzeugend zu antworten, doch Michael zog eine Augenbraue nach oben. „Karin…", sagte er vorwurfsvoll. „Du kannst mir doch ehrlich sagen, was du von meinen Freunden hältst!" Karin verzog unbeholfen den Mund. „Seit wann kann ich eigentlich nicht mehr sagen, was ich wirklich denke?", fragte sie sich und wiederholte im Kopf immer wieder ihre wahren Eindrücke.

Plötzlich öffnete sie den Mund und sprach sie laut aus: „Ich finde Sabrina ziemlich aufgekratzt und laut, solche Leute mag ich nicht. Das nervt! Dennis ist Raucher, die ich mit ihrem Gestank auch nicht leiden kann, aber ansonsten ok. Claudia und Mark sind pervers, mehr weiß ich von ihnen nicht, weil sie so still sind. Und Lillie scheint nett zu sein, aber vielleicht ist sie ein bisschen zu nett. Besser so?"

Michael schwieg überrascht. Karin erschrak, als ihre Worte in ihrem Kopf widerhallten. Sie hielt sich die Hände vor den Mund und biss sich auf die Lippe vor Wut. „Sorry...", flüsterte sie hinter ihren Händen und wusste nicht, was sie tun sollte.

Ihre Augen wurden groß, als sie sah, wie sich ein Grinsen auf Michaels Gesicht ausbreitete. Karins Hände sanken. Michael begann leise zu lachen und erlöste Karin endlich von ihren Schuldgefühlen: „Das ist die detaillierteste Analyse, die ich bisher gehört habe..." Karin grinste kurz. „Du bist nicht sauer?", fragte sie verwundert. Michael hörte auf zu lachen. „Wieso sollte ich sauer sein?", entgegnete er, „Ich hab dich doch nach deiner Meinung gefragt, oder nicht? Dann kann ich doch nicht sauer sein, wenn du sie mir sagst." Karin versuchte das Lächeln zurück zu halten, doch es erfasste ihr Gesicht zu schnell, als dass sie es kontrollieren konnte.

Michael stutzte. Karin ließ ihr Lächeln wieder fallen. „Was ist?", fragte sie verunsichert. Michael grinste erneut und erklärte: „Ich glaube, ich hab dich gerade das erst Mal richtig lächeln gesehen." Karin blickte ihn erschrocken an. „Ich dachte schon, du könntest gar nicht lächeln.", scherzte er, „Ich konnte mich nur nicht entscheiden, ob die bei der Geburt deine Gesichtsmuskeln vergessen haben oder ob du dein Gesicht mit Botox lahm gelegt hast." Karin ließ ein weiteres Lächeln in ihrem Gesicht erscheinen. Michael wurde still.

„Es steht dir...", hauchte er und kam mit seinem Gesicht näher an Karin heran. Karins Blick wurde panisch. Ihr Blut verhielt sich ruhig, doch wie lange noch? Sie wollte es nicht riskieren, ihn zu verletzten. Sie konnte sich selbst, diesem Teil ihrer selbst, nicht trauen. Langsam schloss sie ihre Augen und machte seufzend ein paar Schritte zurück. Michael stockte. „Ähm... Tut mir leid.", lächelte er verunsichert. Karin schüttelte den Kopf und sah ihn schuldbewusst an. „Es ist nicht deine Schuld..."

„Sie trägt ja schon deine Jacke!", rief Sabrina aufgeregt, als Michael und Karin die Bar wieder betraten. Claudia und Mark waren an den Tisch zurückgekehrt. Karin rümpfte die Nase, als sie an Dennis vorbei ging und seinen Zigarettengeruch wahrnahm. „So, und was machen wir jetzt?", fragte Michael, als er und Karin sich wieder auf ihre Plätze setzten. Sofort gab Karin ihm seine Jacke zurück und sah Isabelle böse an, die ein breites Grinsen auf den Lippen trug. „Ich hab meine Jacke hier drinnen vergessen, also entspann dich!", knurrte sie sie leise an, doch Isabelle ignorierte ihre Worte.

„Wir haben gerade besprochen, ob wir noch in einen Club gehen sollen.", antwortete Lillie Michael freundlich. „Wir hätten Lust, ihr auch?" „Klar.", antwortete Michael sofort und Karin nickte stumm. „Cool.", brachte Claudia fröhlich hervor und sprang auf, um ihre beige Jacke anzuziehen. Die anderen folgten ihrem Beispiel und begannen ihr Geld hervorzukramen. „Ich bring das Geld zur Theke.", erklärte Dennis und sammelte die Münzen und

Scheine aufmerksam ein. „Nimm deine Rauchwolke mit!",
dachte Karin bissig und sah ihm hinterher.

Sie betraten den grauen Fußweg vor der Bar, der nur
von einer schummrigen Laterne beleuchtet wurde. „Ich
sehe allerdings ein Problem...", warf Lillie plötzlich ein.
Alle sahen sie an. „Isabelle und Karin sind noch nicht 18!",
erklärte sie und sah mitleidig zu ihnen herüber, „Wir
könnten sie mit rein nehmen, aber nur bis Mitternacht. Danach müssten sie gehen..." „Na super...", sagte Mark genervt und sah Karin und Isabelle vorwurfsvoll an. Er kas-
sierte einen Stoß von Claudia. Karin und Isabelle schauten
sich unbeholfen an.

„Dann geht ihr alleine und ich bringe sie nach Hause!",
schlug Michael vor. Karin sah ihn erstaunt an. Sie ergriff
seinen Arm und sagte: „Nein, geh du ruhig mit. Ich will
dir den Spaß nicht verderben." Michael lächelte sie an.
„Red keinen Unsinn. Wie wollt ihr denn nach Hause kommen?", fragte er bestimmt. „Wir können mit dem Bus fahren, ist nicht so weit.", antwortete Karin monoton. Sie sah
zu Mark herüber und meinte mit bösem Unterton: „Soweit
ich weiß, dürfen wir Kinder da auch rein." Mark antwortete mit einem verwirrten Blick.

Karin wandte sich wieder Michael zu und entließ ein
Lächeln in die schwarze Nacht. Michael lächelte ebenfalls
und sagte leise: „Ok." Der Rest der Gruppe setzte sich in
Bewegung und ging in Richtung der Parkplätze neben der
Bar. Michael zögerte. Er drehte sich um und machte einen

Schritt vorwärts. Dann drehte er sich wieder zu Karin und gab ihr in Windeseile einen Kuss auf die Wange.

Bevor Karin etwas sagen konnte, rannte Michael den anderen hinterher. Karin lächelte stumm. „Ist das ein Lächeln?", fragte Isabelle erstaunt und Karin erschrak. Sie hatte schon vergessen, dass Isabelle anwesend war. Isabelle ergriff kurz ihren Oberarm vor Freude und quietschte. „Komm, wir gehen.", äußere Karin grinsend und ging mit ihr die Straße in die andere Richtung hinunter.

Kapitel 15

Ungeheuer, Monster, Bestien, Ungetüme, Nachtgestalten, Scheusale, Biester, Unmenschen…

Es gibt viele Begriffe, mit denen uns die, die von sich selbst behaupten, sie seien die *Normalen*, bezeichnen. Sie versuchen mit diesen Worten stets die negativsten Eigenschaften des *Unnormalen* hervorzuheben, um indirekt das am besten ausdrücken zu können, was sie wirklich für uns empfinden: Angst!

Vampire sind Blutsauger, Werwölfe sind Menschenfresser, Nixen sind Hexen im Meer… Was würden sie nur sagen, wenn sie wüssten, wo wir schon überall mitgewirkt haben auf dieser Welt? Wenn sie wüssten, wie viele *Unnormale* schon einen Nobelpreis oder ein Bundesverdienstkreuz oder irgendeine andere Auszeichnung bekommen haben? Ich werde es nie erfahren…

Wenn die Spürer uns im Alter von 10 Jahren aufklären und uns unsere bisher unbekannte Identität Preis geben, werden wir in erster Linie natürlich über unsere eigenen besonderen negativen, aber auch positiven Eigenschaften aufgeklärt. Wir sollen ja schließlich unser ganzes Leben lang mit dieser Bürde leben! Allein und unerkannt… Doch wir erfahren auf Nachfrage auch etwas von den anderen. Welche Kennzeichen tragen sie? Wie drückt sich ihr inneres Wesen aus? Und vor allem: Worunter müssen sie leiden?

Ich denke zusammenfassend kann man sagen, dass es bei allen darauf hinausläuft, dass sie sich mehr isolieren müssen, als *normale* Menschen. Wir müssen mehr Angst haben, jemanden, dem wir nahe stehen, zu verletzten. Im Grunde sind es also nicht nur sie, die vor uns Angst haben, sondern auch wir selber. Und dieser Konflikt ist es wohl, der uns eigentlich so fertig macht.

Die so genannten *Meermenschen* sind ein gutes Beispiel dafür. Sie werden eigentlich nur von Außenstehenden so genannt, doch ihren fachlichen Namen hab ich vergessen. Jeder von uns hat einen fachlichen Namen für sich, der sich meist aus dem Lateinischen oder dem Griechischen ableitet. Meine Art wird zum Beispiel einfach *Lupus* genannt, vom lateinischen Wort für Wolf. Doch zurück zum eigentlichen Thema.

Diejenigen, die gemeinhin als *Meermenschen, Meerjungfrau* oder *Meerjungmann* bezeichnet werden, werden heutzutage zu gerne mit der kleinen Meerjungfrau von Hans Christian Andersen verwechselt. In einem Piratenfilm, den ich mal gesehen habe, werden sie typischerweise als Monster dargestellt. Als hübsche Frauen mit einem Fischschwanz, die unschuldige Männer ins Meer locken und dann ertränken. Wie unschuldig diese Männer wirklich sind, wird wohl daran deutlich, dass sie zu halbnackten Frauen ins Wasser springen…

In der Realität sind diese Wesen allerdings mehr Opfer als Mörder. Sie entwickeln eine Verwandlungsfähigkeit, die ihnen einen Fischschwanz und Kiemen ermöglicht. Doch, um die Männerwelt zu enttäuschen, dabei platzen ihnen nicht gleich T-Shirt und BH! Diese Verwandlungsreaktion wird allein durch die Anwesenheit von Wasser oder anderen Flüssigkeiten ausgelöst. Sie müssen also schnell lernen, die Verwandlung zu kontrollieren, damit sie nicht entdeckt werden.

Was daran nun so schlimm ist? Da die *Meermenschen* eine unglaubliche Zuneigung zum Meer haben, wollen sie die Menschen, die sie gern haben, ebenfalls dort wissen. So wären sie nicht mehr allein. Sie geraten schnell in einen Rausch, wenn sie mit einer geliebten Person im Meer sind und versuchen diese Person mit dem Meer zu vereinen. Es ist nur logisch, dass nicht wenige dieser Personen dabei ertrinken. *Meermenschen* sind also ihr Leben lang hin und her gerissen zwischen den Personen, die sie lieben, und dem Meer, das sie lieben…

Ein ebenfalls schweres Los haben meiner Meinung nach die *Engel* und *Teufel* dieser Welt! Die *Teufel*, welche in regelmäßigen Abständen Krankheiten und Tod auf der Erde verbreiten… Sie regulieren sozusagen die Bevölkerungsdichte der Welt, um ein Gleichgewicht zwischen Menschen und Tieren, Tieren und Pflanzen, zwischen allen Elemten der Natur aufrechtzuerhalten. Doch natürlich dankt ihnen keiner dafür! Im Gegenteil, sie werden verflucht und beschimpft.

Sie wissen nicht, wie oder wann sie das Verderben vermitteln und an wen. Doch sie merken, wenn ein von ihnen *infizierter* Mensch das Zeitliche segnet; selbst wenn sie nicht anwesend sind. Sie können unbeschwert zu Hause sitzen und Fernsehen und plötzlich... Plötzlich wissen sie, dass sie wieder jemanden getötet haben, ohne es zu wollen. Es ist wohl mehr als verständlich, dass die letzte Person, der sie den Tod bringen, meistens sie selber sind. Ihr Leben ist grausam, doch das sehen die *normalen* Menschen nicht...

Die *Engel* dieser Welt haben es zwar besser, aber nicht viel... Sie müssen entscheiden, welche Person, die dem Tode nahe ist, überleben darf und welche nicht. Sie können sich manchmal freuen, dass sie ein Leben gerettet haben. Doch dem gegenüber stehen die unzähligen, die sie von der Welt nehmen. Sie sind ebenso Mörder, wie wir anderen *Unnormalen* auch und sie können sich ebenso wenig dagegen wehren. Sie müssen jeden Tag mit ihren Taten leben...

Einige haben es einfach leichter als andere, denke ich. Obwohl sie genau so große Angst haben müssen, die Leute in ihrer Umgebung zu verletzten, müssen sie sich eigentlich nur um sich selbst kümmern. Die *Vampire* zum Beispiel! Ich glaube, sie nennen sich *Incruentoren* oder so. Sie sind uns Wölfen recht ähnlich, denn sie entwickeln einen gewaltigen Drang zu jagen. Allerdings geht es ihnen weniger um die Jagd selbst. Was sie brauchen, ist das Blut ihrer Opfer. Sie müssen ebenfalls aufpassen, dass sie die

Menschen in ihrer Umgebung nicht überfallen, und halten wohl dementsprechend ebenso Abstand von allen Leuten.

Wenn sie nicht regelmäßig Blut trinken können, werden sie krank, denn ihr Körper baut das Blut unnatürlich schnell ab, ohne neues zu bilden. Man könnte fast meinen, sie wären einfach nur krank… Kranke, *normale* Menschen… Wenn die schwarzen, fledermausähnlichen Flügel nicht wären, die sie während der Pubertät ausbilden…

Der Quatsch, der über sie erzählt wird, ist echt zum Schreien, finde ich! Warum zum Henker sollte Knoblauch eine Waffe gegen sie darstellen? Und gegen Sonnenlicht haben sie im Prinzip auch nichts einzuwenden. Und der Pflock… Ich bitte euch! Natürlich sterben sie, wenn man ihnen einen Pflock durchs Herz rammt! Wer würde das denn nicht?

Leute, die sich solchen Blödsinn ausdenken, sind an sich gar nicht dumm! Die Leute, die es glauben, sind es. Man siehe nur die Hexenverbrennungen im Mittelalter. *Hexen*, oder wie auch immer sie sich nennen mögen, gibt es heute wie damals. Doch sie fliegen natürlich nicht auf einem Besen durch die Luft und brauen im Wald Zaubertränke zusammen! Sie haben nur ein besonderes Verhältnis zu ihrer Umgebung. Sie haben eine Macht über die Dinge in ihrer Umwelt, die *normale* Menschen nicht besitzen. Mit Hilfe dieser Macht können sie die lokalen, physischen, psychischen und anderen Zustände der Gegenstände, Pflanzen, Tiere und sogar manchmal der Menschen um sie herum verändern. Wie alle anderen auch, müssen sie lernen, mit ihrer erweiterten Kraft umzugehen, um niemandem zu schaden und um nicht entdeckt zu werden. Ansonsten werden sie von einer Klippe gestoßen, mit einem Stein am Bein beschwert und ertränkt... oder eben verbrannt.

Es ist unglaublich, dass uns die *normalen* Menschen einerseits ewiges Leben zuschreiben und andererseits sichere Methoden für unseren Tod zu haben glauben! Ich habe letztes Jahr von meiner Mutter silberne Ohrringe zum Geburtstag bekommen und siehe da: Ich lebe noch! Es ist einfach kindisch, wie sie sich uns gegenüber verhalten...

Doch eigentlich erzählen sie diese Lügen über uns nicht aus Dummheit oder zu viel Phantasie... Sie tun es aus Angst! Sie haben Angst vor uns, weil wir anders sind! Und sie denken sich gruselige Geschichten über uns aus, schreiben uns Kräfte und Fähigkeiten zu, die wir nicht besitzen, klagen uns wegen Taten an, die wir nie begangen haben... Nur damit ihre Angst erneut bestätigt wird.

Sie sehen sich im Recht, da sie glauben, sie seien der Ursprung. Sie glauben, ihre *Gattung* war zuerst auf der Erde und wir sind die Fehler, die aus ihnen entstanden sind. Zuerst da... Die so genannte *Krone der Schöpfung* wirkt auf mich viel zu oft wie ein großes Kind! Zuerst da...

Woher wissen sie denn, dass sie zuerst auf der Welt waren? Wieso könnte es nicht sein, dass sie aus einem von uns entstanden? Wieso glauben sie, dass wir die *Unnormalen* in diesem Gesellschaftskonflikt sind? Nur weil sie mehr sind als wir? Wenn in einem Meer mehr Menschen als Fische schwimmen, sind Fische dann keine Fische mehr? Wenn in einem Flugzeug mehr Menschen sitzen, als Vögel um das Flugzeug herum fliegen, sind sie dann die neuen Vögel?

Gibt ihnen die Tatsache, dass sie mehr als andere sind, wirklich jedes Recht? Nein... Aber es gibt ihnen die Macht... Es gibt ihnen die Macht, uns für immer zu unterdrücken, ohne dass sie es sich überhaupt bewusst sind... Sie wünschen sich so lange, dass wir nicht existieren, bis wir es uns auch wünschen...Wieso müssen sie uns nur so hassen...?

Kapitel 16

„Es ist doch so…", erklärte Phillip bestimmt und ging mit Amelie den braunen Erdweg inmitten der ländlichen Gegend entlang. „Die Menschen, die nicht zu uns gehören, haben dafür gesorgt, dass wir unsere besonderen Fähigkeiten nicht in der Öffentlichkeit ausleben können. Am liebsten wäre es ihnen, dass wir auch nicht im Verborgenen wir selbst sind, weil es ihnen am liebsten wäre, wenn wir gar nicht existieren würden. Doch wenn sie nicht anwesend sind, haben sie doch keine Macht mehr über uns, oder? Warum sollten wir dann nicht wenigstens, wenn wir alleine oder unter *uns* sind, sein, wer wir wirklich sind?"

Amelie nickte stumm und senkte ihre Augen. Sie erblickte ihre und Phillips Hand, die wie zwei Puzzleteile ineinander griffen, und lächelte. „Und du bist dir wirklich sicher, dass hier niemand her kommt?", fragte sie Phillip verunsichert und schaute ihn von der Seite an. „Sicher sein kann ich mit nie!", erwiderte er entspannt, „Doch wo, wenn nicht hier, können wir uns wirklich entfalten?"

Sie blieben stehen. „Warte hier.", sagte Phillip und ging an den Rand des eingezäunten Feldes vor ihnen. Es war kein Haus in Sicht, nur Wiesen und Felder. Auf einigen der entfernteren Wiesen standen ein paar Kühe, die unbekümmert grasten. Phillip holte einen Holzhocker aus dem hohen Gras, das am Zaun wuchs, und brachte ihn zu Amelie. „Sei bitte vorsichtig, wenn du drüber steigst!", bat er

Amelie, als er den Hocker platzierte und ihr die Hand zum Aufstieg reichte. „Der Zaun ist elektrisch."

Amelie schluckte ängstlich. Sie hatte noch immer Zweifel an Phillips Plan. Phillip lächelte sie zuversichtlich an. Amelie erwiderte das Lächeln und stieg vorsichtig auf den Hocker. „Wie kommt es eigentlich, dass noch niemand den Hocker gefunden und weggebracht hat?", fragte sie und erschrak leicht, als die kleine Stehfläche unter ihr wackelte. Phillip hielt ihre Hand fest in seiner. „Keine Ahnung.", er zuckte mit den Schultern, „Liegt wohl daran, dass hier wirklich nie jemand vorbei kommt."

„Ich muss aufhören, so viel darüber nachzudenken!", dachte Amelie, sich selbst tadelnd. „Phillip hat doch Recht! Sie sind Schuld, dass wir einen Teil unserer Persönlichkeit als Bürde empfinden! Wir müssen versuchen, das zu ändern, selbst wenn wir klein und unerkannt anfangen…" Sie setzte an und hüpfte, so hoch sie konnte über den Zaun. Wild ruderte Amelie mit den Armen in der Luft und kam hart auf dem Boden auf. Ihre Beine gaben nach und sie fiel ins Gras.

„Ist alles ok?", fragte Phillip, der sofort an ihrer Seite war. „Ja.", seufzte Amelie leise und stand wieder auf. Sie stutzte, als sie sich den Dreck von ihrer Jeanshose klopfte. „Wie bist du so schnell…?" Ihr Blick wurde vorwurfsvoll. „Ach ja richtig, du brauchtest den Hocker ja gar nicht…" Phillip kniff lachend die Augen zusammen. „Als ich die ersten Male her kam, brauchte ich ihn schon, aber das ist schon eine Weile her…"

Sofort ergriff Amelie Phillips Hand wieder und sie gingen in die Mitte des Feldes. Das Gras war kniehoch gewachsen und überall zwischen den grünen Halmen blickten gelbe oder weiße Blumen hervor. „Es ist so schön hier…", schwärmte Amelie und sah sich begeistert um. Ihre Freude minderte sich, als sie die dunkelgrünen Wälder, die am Rande des Feldes thronten, betrachtete. „Karin…"

Phillip blieb stehen. „Du brauchst keine Angst zu haben.", sagte er fürsorglich, „Wenn irgendwas passiert, rette ich dich. Ich kann das ja schon…" Amelie nickte beunruhigt. „Amelie…", redete Phillip auf sie ein, doch sie sagte nichts. In Windeseile breitete Phillip seine Flügel aus und schwang sich in die Lüfte. Fasziniert beobachtete Amelie, wie er einige Kreise drehte, die immer größer und größer wurden, bis er wie aus dem Nichts wieder vor ihr stand. Amelie zuckte erschrocken. Sie sah, wie das Sonnenlicht bewundernswert auf seinen Flügeln glitzerte.

„Glaub mir. Du wirst es nicht bereuen.", meinte er liebevoll und strich über ihre Wange. Amelie lächelte fein und breitete kraftvoll ihre schneeweißen Flügel aus. Elegant federten sie zurück und hielten wie eine blanke Leinwand hinter ihr inne. Phillip nahm ihren Kopf in seine Hände und küsste sie zärtlich. Amelie lächelte vor Glück. „Weißt du, wie du deine Flügel bewegen kannst?", fragte er mit ernsterem Ton. „Ein wenig…", entgegnete Amelie leise und drehte ihren Kopf nach hinten um. „Du brauchst sie nicht anzusehen!", hielt Phillip sie ab.

Amelie blickte wieder nach vorne und konzentrierte sich. Nichts passierte. Sie versuchte ihren Fokus zu steigern, doch es half nichts. Sie seufzte schwer: „Ich kann es wohl doch nicht ausprobieren. Ich kann sie ja nicht einmal bewegen…" Phillip sah sie verwirrt an und erwiderte: „Was meinst du? Hast du gar nicht gespürt, was du getan hast?" Amelie schaute ihn verwirrt an. „Du hast wirklich nicht gemerkt, dass du gerade wie wild mit den Flügeln geschlagen hast?", lachte Phillip leise. Amelies Mine erhellte sich. „Meinst du das ernst?", fragte sie fröhlich. Phillip nickte erheitert.

„Es ist wie mit deinen Armen oder Beinen!", erklärte er ruhig, „Du muss dich darauf konzentrieren, was du tun willst und dann kann du es tun. Und irgendwann brauchst du nicht einmal mehr darüber nachzudenken!" Amelie schloss die Augen und konzentrierte sich erneut. Tatsächlich spürte sie nun die kurzen Windstöße an ihren Armen. Sie wurden schneller und kräftiger und plötzlich…

Amelie riss erschrocken die Augen auf und fiel schwer auf den Boden. „Schon wieder…", seufzte sie und rieb sich den Hintern beim Aufstehen. Sie hielt inne. „Ich bin grade… geflogen… oder?", fragte sie Phillip noch immer schockiert. Phillip nickte stolz: „Zwar nur etwa einen Meter hoch, aber immerhin…" Amelie brach in Freude aus. Ihr glockenhelles Lachen erfüllte die gesamte Wiese, als sie sich glücklich im Kreis drehte. Ihre Flügel stießen ungewohnt an die langen Gräser um sie herum. Sie stoppte und lächelte. „Ich will es noch mal probieren.", rief sie begeistert. Phillip ging schnell auf sie zu und küsste sie schwungvoll. Seine Hand fuhr sanft durch ihr goldschimmerndes Haar, als er wieder von ihr abließ.

„Versuch es lieber mit offenen Augen!", schlug Phillip leise vor, „Dann erschreckst du dich nicht!" Amelie sah ihn sprachlos an und nickte. Phillip trat ein paar Schritte von ihr zurück und demonstrierte ihr die Bewegungen, die nötig waren, um in die Luft aufzusteigen. Die hellen Sonnenstrahlen schlugen große Wellen auf Amelies Flügeln, als sie sie erneut vor und zurück zu schwingen begann. „Du musst sie auf den Boden richten, von dem du weg willst.", rief Phillip ihr zu und drehte sich zur Seite, damit Amelie den Unterschied besser sehen konnte.

Sie studierte aufmerksam, was Phillip tat und versuchte es ihm gleich zu tun. Sie stand noch immer fest auf dem Boden. „Ein wenig stärker! Du musst ja dein Gewicht hochheben!", erklärte Phillip. Amelie versuchte ihre Flügel schneller zu bewegen, doch sie hatte das Gefühl, sie wären zu träge dafür. Dennoch spürte sie, wie ihre Füße sich langsam von der Erde erhoben. Amelie lächelte ermutigt. Ihre Zehenspitzen lösten sich langsam von der Schwerkraft, die an ihnen zog, und verloren schließlich den Kontakt zu der Wiese unter ihr.

Ruckartig merkte Amelie wie das Gewicht ihres Körpers nun an ihren Flügeln hing. Sie spannte sich stärker an, um die Leistung aufrecht zu erhalten. Mit Erstaunen sah sie, wie sich das Gras unter ihr Stück für Stück entfernte. „Unglaublich…", hauchte sie und sah in den Himmel hinauf. Das Bild verwirrte sie und sie senkte ihren Blick schnell wieder.

„Wie ist es?", fragte Phillip, der prompt vor ihr auftauchte. Amelie verringerte die Schlaggeschwindigkeit ihrer Flügel und versuchte sich in der Luft zu halten. Sie lächelte liebevoll: „Es ist großartig…" Phillip erwiderte ihr Lächeln und ergriff vorsichtig ihre Hand. Die strahlende Nachmittagssonne ergriff sie von der Seite und verlieh ihnen einen leuchtenden Kranz, der ihr Bild zart umrandete und ihre Konturen mit dem Himmel vermischte.

Plötzlich fiel Amelies Körper zu Boden und Phillips Arm durchfuhr ein harter Ruck nach unten. Angestrengt hielt er Amelies Hand in seiner und setzte sie schnellstmöglich auf dem Boden ab. „Tut mir leid.", sagte Amelie leise und erhob sich langsam. Phillip lächelte, noch immer ein wenig erschrocken. „Es hat mich überrascht…", ergänzte Amelie und blickte in die Richtung des tiefen Feuerballs, der sich gemächlich hinter den Feldern absenkte.

„Kein Problem.", sagte Phillip schnell und betrachtete sie. Der Schweiß auf ihrer Stirn fing das Rosa des Abends ein und hielt es fest. „Ich fliege dich hin!", bestimmte er unvermittelt. Amelie sah ihn erstaunt an. „Das will ich nicht.", widersprach sie schwach und wischte die rosa Perlen von ihrem Gesicht. Phillip trat langsam an sie heran und legte seine Hand ruhig an ihre Wange. „Du bist zu erschöpft zum Laufen…", hauchte er und gab ihr einen zarten Kuss.

Amelie erwiderte nichts. Phillip umfasste ihre Taille und sagte: „Kannst du deine Beine um meine Hüfte schlingen? Dann ist es einfacher!" Amelie nickte stumm und tat, wie ihr gesagt wurde. Phillips Flügel begangen heftig zu schlagen und sofort glitt er in den Himmel hinauf. Amelie vergrub ihr Gesicht in seiner Brust. Nur zögerlich schob sie ihren Kopf über seine Schulter und betrachtete die Welt unter ihnen. „Hier leben wir?", dachte sie erstaunt und lehnte ihren Kopf wieder an Phillip.

Kapitel 17

Schon in wenigen Minuten waren Amelie und Phillip bei dem Seniorenheim angekommen. Der weiße Bau, an dem schon hier und da die Farbe abblätterte, bereitete den beiden Unbehagen. Nicht nur wegen des Grundes, der sie hierher geführt hatte, sondern auch wegen der verstärkten Präsenz anderer Engel, die sie spürten. Sie kamen wohl öfters hierher...

Phillip landete in einer kleinen Baumgruppe, die die Zufahrt zum Heim säumte. Er verbarg seine Flügel und begann seine Klamotten wieder herzustellen. Amelie bemerkte, dass ihre Klamotten ebenfalls noch zersprungen waren, und folgte Phillips Beispiel. Sie beobachteten die Zufahrt und warteten bis der graue Wagen an ihnen vorbeigefahren war. Dann stiegen sie aus den Büschen auf den Fußweg und gingen mit schnellen Schritten zum Eingang.

„Guten Tag, was kann ich für euch tun?", fragte sie eine in ein helles Lila gekleidete Frau am Empfangstisch und rang sich ein Lächeln ab. „Wir wollen unseren Großvater besuchen!", sagte Phillip schnell und blickte sich in der Halle um. In der Sitzecke saßen eine Frau in einem roten Pullover und ein älterer Mann mit Glatze in einem Rollstuhl. Ein kleiner Junge in grüner Jacke turnte um sie herum, während die Erwachsenen redeten.

„Wie heißt er denn?", fragte die Frau routiniert und legte ihre Finger auf die Tastatur ihres Computers. „Müller!", warf Amelie ein, „Aber wir haben leider nicht so viel Zeit. Wir wissen schon, wo wir lang müssen. Können wir bitte gehen?" Die Frau sah sie einen Moment lang an, ohne etwas zu sagen. „Ok, dann geht.", sagte sie schließlich und Amelie und Phillip eilten davon. Die Frau sah den beiden erstaunt hinterher und tippte den Namen in den Rechner ein. Sie seufzte. „Und welchen Müller meinten die jetzt?"

„Wie kommst du auf Müller?", fragte Phillip sie leise, als sie rasch den langen Gang entlang schritten. Amelie lächelte. „Fast überall gibt es einen Müller.", erklärte sie. Phillip grinste. Sie nahmen die Treppe rechts von ihnen und stiegen sie nach oben. Im zweiten Stock wich Phillip einem grauhaarigen Mann in einem blauen Strickpullover aus, der gerade um die Ecke kam. Er beschwerte sich laut und versuchte seinen Gehstock hochzuheben, um ihn wütend zu schwingen. Amelie hielt an und entschuldigte sich freundlich bei dem Mann. Dann folgte sie Phillip. Der Mann lächelte froh und ging seines Weges.

Vor der Tür mit der Nummer 214 blieben sie stehen. „Hier ist es…", sagte Amelie leise und Phillip nickte. Er legte seine Hand um den matt glänzenden Türgriff und drückte die Klinke langsam herunter. Die Tür öffnete sich. Das Zimmer war mit schlichten Farben eingerichtet. Auf dem Boden lag ein dunkelgrüner Teppich. Die dunkelbraune Kommode rechts an der Wand reflektierte die flackernden Bilder des angeschalteten Fernsehers, dessen

Ton abgeschaltet war. Ein braun-schwarzer Sessel stand davor.

Amelie trat vorsichtig an Phillip vorbei, der die Tür leise hinter ihr schloss. Sie gingen um den Sessel herum und erblickten den Körper des breit gebauten Mannes in dem schwarzen Pullover mit V-Ausschnitt. Sein Blick war starr auf den Bildschirm gerichtet. Sein Brustkorb hob sich nur unsichtbar. Phillip trat an ihn heran und lächelte ihn an. „Wir sind hier, um ihnen zu helfen…", sagte er ruhig, hockte sich vor ihn hin und legte seine Finger vorsichtig an seinen Hals.

Dann drehte er sich zu Amelie um und sagte: „Er atmet nur noch sehr schwach. Ich bin mir nicht sicher, ob er uns überhaupt wahrnimmt." Amelie kam ebenfalls näher und sah ihn mitleidig an. Sie hob ihre Hand, doch Phillip unterbrach sie: „Du willst erst noch in ihm lesen?", fragte er etwas lauter. Amelie nickte. „Das ist unsere Pflicht…", erwiderte sie leise und legte ihre Finger an seine Stirn. „Aber er hat vielleicht nur noch ein paar Sekunden.", wandte Phillip ein, „Willst du ihn wirklich ersticken lassen?" Amelie sah ihn nicht an. „Es dauert nicht lange…"

Die Bilder liefen vor Amelies Augen vorbei und erzählten die Geschichte des Mannes. „Er ist 89 Jahre alt…", begann Amelie ruhig, „Er drückte sich vor dem Wehrdienst im zweiten Weltkrieg, weil er Angst hatte… Er hat sich von seiner ersten Frau scheiden lassen, weil er sich in eine andere Frau verliebte…" „Beeil dich, ich kann keinen Puls mehr spüren!", bat Phillip drängend, „Sein Leben wird stetig weniger!" Amelie beachtete ihn nicht.

„Er hat eine zweite Frau und drei erwachsene Kinder...", fuhr sie fort, „Außerdem hat er vier oder fünf Enkel, er weiß es nicht genau..." Amelie lächelte sanft. „Er hat sich vor etwa drei Wochen von allen verabschiedet, weil er spürte, dass er schwächer wurde..." „Mehr muss ich nicht hören!", rief Phillip und stieß Amelies Hand beiseite. „Warte!", schrie sie erschrocken, doch Phillips Hand lag schon auf der Stirn des Mannes...

Es war still. Die Bilder des Fernsehers wechselten hastig von einem ins nächste und zeigten die lächelnde Moderatorin mit der schwarzen Dauerwelle von allen Seiten. Schockiert betrachtete Amelie, wie Phillip vor dem Mann stand und sich langsam wieder beruhigte. Er seufzte kaum hörbar und starrte zu Boden. Seine Hand rutschte von der feuchten Stirn des Mannes ab und schlug schlaff gegen seinen eigenen Oberschenkel.

Amelies Knie gaben stückweise nach, bis ihr zierlicher Körper auf dem dunkelgrünen Stoff des Teppichs aufsetzte. Ihr Blick war an Phillip und den Mann gefesselt. Phillip drehte langsam seinen Kopf zu ihr um. „Es tut mir leid, Amelie...", hauchte er mit ausdrucksloser Mine. Amelie starrte ihn wortlos an. Ihre Augen waren noch immer geweitet. „Amelie...", wiederholte Phillip leise und löste sich von dem Mann, um sich ihr zuzuwenden. Er stand bewegungslos da.

Amelies Gesicht entspannte sich ein wenig. „Er hatte zwei Söhne und eine Tochter…", sagte sie gedämpft. „Amelie…", unterbrach Phillip sie lauter, doch sie ignorierte ihn. „Der eine Sohn lebt im Süden des Landes und konnte wegen seiner Arbeit nur schwer Zeit für seinen Vater finden.", fuhr sie monoton fort, „Er konnte vor drei Wochen nicht kommen, weil er zu viel zu tun hatte." Phillip schluckte trocken. „Er kommt übermorgen vorbei…", Amelies Hände verkrampften sich auf ihren Beinen und griffen fest in den Stoff ihrer Jeanshose. „Er freute sich sehr auf übermorgen…", schrie sie und lehnte ihren Oberkörper steif nach vorne. Ihr nasses Gesicht drückte schwer auf ihre Schenkel, als sie die Vorfreude des Mannes in sich fühlte.

Kapitel 18

„Hast du eigentlich schon von Timos Unfall gehört?",
fragte Isabelle und wurde von einem der vielen kleineren
Schüler um sie herum angerempelt. „Hey.", beschwerte sie
sich halblaut und versuchte den Schulvertretungsplan
über ihre Köpfe hinweg zu erkennen. Karin drängelte sich
von dem breiten Glaskasten an der Mauer des Schulgebäu-
des, in dem der Plan aushing, zu Isabelle durch und stieß
einige der Kinder dabei unsanft aus ihrem Weg. Diese
ignorierten Karin einfach und schlossen den Weg, den sie
sich bahnte, hinter ihr sofort wieder.

„Es fällt nichts aus.", sagte sie desinteressiert, als sie bei
Isabelle am Rande der zwei Köpfe kleineren Menschen-
traube ankam. Isabelle starrte vorwurfsvoll auf die sich
drängenden und schubsenden Schüler. „Die haben echt
keinen Respekt!", kritisierte sie genervt, „Als ob der Ver-
tretungsplan anders aussieht, wenn sie schnell da sind…
Waren wir früher eigentlich auch so schlimm?" „Keine
Ahnung…", Karin zuckte mit den Schultern und sie gingen langsam in die Mitte des belebten Hofes.

„Also, hast du das von Timo gehört oder nicht?", wiederholte Isabelle und kramte ihr belegtes Brot aus der Tasche, bevor sie sie auf dem geteerten Boden vor ihren Füßen abstellte. „Nö, was denn?", entgegnete Karin nur mäßig interessiert. „Er hatte in den Herbstferien einen Unfall!", erzählte Isabelle aufgeregt. „Er war in Italien am

Meer und ist fast ertrunken. Er ist mit einem Mädchen, das er da wohl kennen gelernt hat, schwimmen gegangen und zu weit raus geschwommen und ein Strudel erfasste ihn und zog ihn unter Wasser…"

„Ein Strudel?", fragte Karin verwundert nach und nahm eine kleine Wasserflasche aus ihrer Tasche. Sie trank einen Schluck. Isabelle nickte: „Laura meinte, er hätte erzählt, dass er das Gefühl hatte, dass irgendwas sein Bein ergriff und ihn nach unten zog. Muss also ein Strudel gewesen sein. Oder *Nessie* macht Urlaub in Italien…" Isabelle grinste, doch Karin packte ihre Flasche unbeeindruckt wieder ein und Isabelles Grinsen verschwand. „Ein Strudel…", dachte Karin zweifelnd und runzelte die Stirn.

Plötzlich grinste Isabelle erneut. „Was ist?", fragte Karin aufmerkend. „Gar nichts.", sagte Isabelle schnell und versuchte ihren Blick auf Karin gerichtet zu halten. „Isi, sag schon…", drängte Karin genervt und wurde prompt von hinten an der Hüfte hochgehoben. „Hey!", schrie sie verärgert und stieß ihren Ellenbogen reflexartig nach hinten. Sie wurde losgelassen und drehte sich wütend um. „Michael…", rief sie erstaunt, als sie die leicht nach vorne gekrümmte, schwarzhaarige Gestalt vor sich erkannte. „Was machst du denn hier?"

„Das müssen wir aber noch mal üben…", presste Michael missmutig hervor und rieb sich die linke Seite seines Bauches. Karin wurde unmerklich rot. „Tut mir leid, du hast mich überrascht…", murmelte sie verlegen. „Schon gut.", erwiderte Michael und richtete sich langsam auf.

„Hast du dich gerade entschuldigt?", warf Isabelle hinter Karin irritiert ein. Karin ignorierte sie und ging auf Michael zu. „Alles klar?", fragte sie besorgt und umarmte ihn vorsichtig. Michael sah lieb auf sie herab und sagte: „Ja, kein Problem. So stark bist du jetzt auch nicht." Ohne ihren Kopf von seiner Brust zu nehmen, ballte Karin ihre rechte Faust und verpasste ihm einen leichten Schlag in die Seite. „Immer die gleiche Stelle...", beschwerte er sich und legte seine Hand schützend darauf.

Karin trat von ihm zurück. „Also, was machst du hier?", wiederholte sie ihre Frage. Michael ergriff schnell ihre Hände und antwortete: „Meine Freundin besuchen..." Isabelle seufzte gerührt hinter Karin, die daraufhin herumfuhr und ihr einen bösen Blick zuwarf. „Ich hab doch heute frei, hab ich dir doch erzählt.", erklärte er, als sie sich wieder zu ihm umdrehte. „Ehrlich?", äußerte sie und grinste. „Hab ich vergessen..." Michael lehnte sich zu ihr herunter und gab ihr einen kurzen Kuss auf die Stirn. Isabelle seufzte erneut, doch Karin beachtete sie diesmal nicht.

„Ich wollte dich fragen, ob du heute Abend vielleicht Lust hast, dir einen Film anzusehen...", sagte Michael leise und drückte ihre Hände ein wenig fester. Karin warf einen Blick auf ihre Hände und antwortete: „Ähm, ja, warum nicht?" „...bei mir...", ergänzte Michael vorsichtig, „...in meiner Wohnung?" Karin löste sofort ihre Hände von ihm. „Michael...", begann sie verlegen und strich sich eine Haarsträhne hinters Ohr. „Du weißt doch..."

Michael unterbrach sie resolut: „Karin, wir sind jetzt seit zwei Wochen zusammen und ich hab noch nie irgendetwas mit dir alleine unternommen!" Karin sah wütend zu Boden und verkrampfte die Hände neben ihrem Körper. „Ich finde nur, es würde langsam Zeit, dass ich auch mal ein bisschen mit dir allein bin.", fügte er hinzu. Karin schwieg einen Moment und kniff die Augen zusammen. „Warum muss es bei Männern immer um das eine gehen?", brachte sie etwas lauter hervor und konnte sich gerade noch davon abhalten zu schreien. Sie traute sich nicht, sich umzusehen, wer die Szene eventuell beobachtete.

Michael fuhr überrascht zusammen. „Was… Ich… Ich meinte…", stammelte er laut und senkte seinen Ton, um keine Aufmerksamkeit auf sich zu ziehen. „Ich will doch nicht darauf hinaus!", flüsterte er ihr zu, „Ich bin mir nicht mal sicher, ob das legal wäre…" „Wäre es!", rief Isabelle unbekümmert ein. Michaels Blick glitt kurz zu ihr herüber. Er seufzte und versuchte Karins Hand vorsichtig zu nehmen, doch ihr Arm war zu versteift. „Ich will nur ein wenig Zeit mit dir alleine haben, weil ich dich so gern habe…", erklärte er mit zärtlichem Blick, „Ist das nicht normal in einer Beziehung?"

„Normal…", hallte es in Karins Kopf wieder. Ohne ein weiteres Wort warf sie ihre Tasche über die Schulter und ging eilig davon. Sie wusste nicht, wohin sie ging, doch es war ihr egal. „Hauptsache weg von den *normalen* Leuten…", dachte sie wütend und rempelte einen Jungen, der ihr im Weg stand, an. „Hey, pass doch auf, Tussi!", rief er aggressiv und sah ihr hinterher. „Komm, lass die. Die ist immer so.", beruhigte ein anderer Junge der Gruppe ihn.

Hinter einer Mauer, die die Fahrradständer vom Schulhof trennte, setzte sie sich auf den Boden und schob ihre Tasche von sich. „Du darfst es nicht!", redete sie sich angestrengt ein, „Du darfst es nicht! Weinen bedeutet Verletzlichkeit und wenn du verletzbar wirst, zerstört es dich…" Sie schloss die Augen und atmete ein paar Mal tief durch. Die kleinen Tränen, die sich in ihrem Augenwinkeln gebildet hatten, trockneten schnell und sie konnte die Augen wieder öffnen. „Warum muss ich so sein?", dachte sie und ballte die Fäuste.

Karin sah sich vorsichtig um. Es war kein Mensch außer ihr bei den Fahrrädern. Vorsichtig strich sie ihre Haar hinter die Ohren und schloss die Augen. Kurze, braune Haare wuchsen und bedeckten ihre Ohrmuschel und den inneren Teil ihres Ohrs, das sich langsam nach oben ausstreckte und eine abgerundete Ecke ausbildete. Sie blickte sich noch einmal um und sah immer noch niemanden. Sie schloss die Augen wieder und versuchte Michael und Isabelle aus dem lauten Wirrwarr der Stimmen herauszuhören.

„Ich meine, hatte sie mal unangenehme Erfahrungen oder so mit einem anderen Kerl?" Karin erkannte Michaels Stimme in der Ferne. „Hat jemand sie mal bedrängt oder belästigt?" Karin schnaubte leise. „Irgendeinen Grund muss sie doch haben…" Karin kniff die Augen wütend zusammen und konnte sich nur schwer darauf konzentrieren, Michaels Stimme weiterhin von den anderen zu isolieren. „Ich hab ehrlich gesagt keine Ahnung.", hörte sie Isabelle endlich. „Sie ist schon so, seit ich sie kenne. Aber sie hatte vor dir erst einen Freund."

Karin erschrak und verlor die Stimmen der beiden. Sie sah sich um und fokussierte sich wieder. „…ist es? Ich kann ja mal zu ihm rüber gehen und ihn fragen! Vielleicht hat er Karin ja bedrängt!" Karin zuckte zusammen, doch sie behielt die Konzentration diesmal bei. „Ich glaube, das brauchst du nicht.", erklang Isabelles Stimme, „Bei ihm war sie auch schon so…"

„Ich war schon immer so…", sagte Karin leise und bildete ihre Wolfsohren zurück. Ihre Haare fielen nach vorne und beschatteten ihr Gesicht. Sie legte ihre Hände in den Schoß und starrte sie traurig an. „Wenn er es nur wüsste…", dachte sie, „Er würde es vielleicht verstehen…" Ihr Blick wurde wütend: „Warum muss ich nach seinem Leben hungern? Warum muss er das in sich tragen, was ich so begehre? … Ich mag ihn doch, wie kann ich ihn da töten wollen?"

Karins Blick wurde weicher, als die Gefühle in ihr aufloderten. Sie spürte die Wärme, in die Michaels Umarmung sie immer einhüllte. Sie fühlte seinen regelmäßigen Herzschlag, das Heben und Senken seines Brustkorbes. Sie merkte, wie sich ihre Magengegend erwärmte, als sie an die Zeit mit ihm dachte. Das Herzklopfen, das sie hatte, als zum ersten Mal mit ihm sprach…

Ein Jaulen hallte in ihrem Kopf wieder und Karin schreckte auf. „Ist er etwa?", Karin versank völlig in ihren Gedanken, „Ist es möglich, dass der Wolf in mir... ihn auch mag? Es wäre nur logisch, denn er ist ich und ich bin er und ich mag Michael! ... Dann wäre er auch in Michael verliebt... Dann würde er ihm nichts tun..." Karin rief sich die Momente mit Michael noch einmal vor Augen und versuchte sich an die Reaktionen ihres Körpers zu erinnern. Sie lächelte.

„Du scheinst bessere Laune zu haben..." Karin fuhr erschrocken zusammen und starrte Isabelle ungläubig an. „Warum erschreckst du mich so?", rief sie ihr entgegen und Isabelle hockte sich lächelnd zu ihr nieder. Ihre schwarzen Haare fielen locker über ihre Schultern nach vorne. „Ich überfalle Leute gerne, wenn sie es nicht erwarten." Sie kicherte leise. Karin schnaubte leise und sah wieder auf ihre Hände, die noch immer in ihrem Schoß ruhten.

„Er wartet übrigens immer noch auf dich!", sagte Isabelle plötzlich. Karins Blick traf sie sofort. Isabelle lächelte stumm. Ein Lächeln huschte über Karins Gesicht und die beiden Mädchen erhoben sich. Schnell nahm Karin ihre Tasche und verließ den steinernen Bunker, der die Fahrräder versteckte, wieder. Sie schaute sich um und sah Michael seufzend an der roten Backsteinwand lehnen. Eilig ging sie auf ihn zu. Michael bemerkte sie und blickte sie erwartungsvoll an. Karin schwang ihre Arme um Michaels Na-

cken und sagte lächelnd: „Ich entscheide, was wir uns ansehen!"

Die Schulglocke ertönte blechern und die Schüler, die
nicht weit von ihnen entfernt standen, bewegten sich mehr
oder weniger schnell in Richtung Eingang. Michael erwiderte Karins Lächeln sofort und umfasste ihre Hüfte. Mit
einer raschen Bewegung stellte Karin sich auf die Zehenspitzen und küsste Michael kraftvoll. Isabelle stand einige
Meter von ihnen entfernt und grinste zufrieden.

Kapitel 19

Mit feuchten Händen klingelte Karin an der Tür und wartete. Es war still. In Karin stieg die Angst auf, die falsche Klingel gewählt zu haben. Plötzlich hörte sie Geräusche von drinnen. Ein Hund bellte. Karin seufzte erleichtert, als sich die Tür öffnete und Michael sie freundlich empfing. Luna rannte nach draußen in Richtung Straße und Karins Blick folgte ihr erschrocken. „Keine Panik.", beruhigte Michael sie und sofort kam Luna in einem Bogen zurück zur Tür und schlüpfte hinter Michael wieder in das Haus.

„Komm rein!", bat Michael sie und öffnete die weiße Tür noch weiter. „Da vorne, die erste Tür rechts ist es!" Karin ging den kurzen Gang entlang und blieb einen Moment lang an der alten Treppe stehen, die in den ersten und zweiten Stock führte. Das Gebäude erschien ihr kalt und betagt. Es stand wohl schon recht lange dort. „Oder es wird einfach nicht oft genug saniert.", dachte Karin und ging den Gang weiter zu Michaels Wohnungstür.

Sie war überrascht, wie hell und warm es in dem Flur war, den sie betrat. Der hellbraune Holzfußboden knarrte leise unter ihren Füßen, als sie sich bückte, um ihre Schuhe auszuziehen. Michael trat hinter ihr durch die Tür und schloss sie behutsam. „Mein einer Mitbewohner hat wohl gestern zu lange gefeiert...", flüsterte er, „Ich hab ihn heute noch nicht gesehen. Deine Schuhe kannst du da drüben hinstellen." Er deutete in die Ecke neben der Tür.

Luna kam aus einem der Zimmer, die von dem Flur abzweigten, angelaufen und trug ein ausgeblichenes, kurzes Tau im Maul, das sie vor Karin und Michael ablegte. Sie lachten leise und Michael hob das Tau auf. „Später, Luna!", sagte er zu ihr und deutete Karin an, ihm zu folgen. Luna rannte in das Zimmer am Ende des Flurs zurück. „Hier gleich links ist das Bad und hier ist unsere Küche.", sie entfernten sich langsam von der Tür, „Hier rechts wohnt Mike, der ist noch arbeiten. Gerade aus wohnt Lukas, der wohl noch pennt..." Sie bogen in das zweite Zimmer rechts ein, das hell von der Abendsonne erleuchtet wurde.

Michael schloss die Tür hinter Karin. „Woher weißt du denn, dass er überhaupt da ist?", flüsterte Karin und zog ihre dunkle Jacke aus. Michael nahm ihr die Jacke und ihre Tasche ab und legte sie neben sein Bett, das gleich bei der Tür stand. „Seine Schuhe stehen an der Tür!", antwortete er lauter, „Und du brauchst nicht mehr leise zu sein." Karin lächelte stumm.

„Also, was willst du sehen?", fragte Michael und gähnte kurz, während er zu einem Schrank mit DVDs ging. Karin folgte ihm zögerlich und überflog die Titel der Filme schnell. Die Gedanken rasten durch ihren Kopf: „Drama? Ich bin nicht zum Heulen hier! Actionfilm mit Jagd und Verfolgung? Gehört in den Wald! Liebesschnulze? Brechreiz! Horrorfilm mit Mord und Blut? Nicht gut, wenn Michael überleben soll!!"

„Ist der ok?", fragte Karin endlich und zeigte auf eine Hülle mit weißem Rücken und gelber Schrift auf der linken Seite der Reihe. Michael ging näher heran, um den Titel lesen zu können, und zog den Film schließlich aus dem Regal: „Ok." Er schaltete den stattlichen, alten Fernseher und den DVD-Player darunter ein, während Karin sich etwas steif auf das schwarze Sofa gegenüber setzte. Michael kam schnell zu ihr rüber und lehnte sich an sie. Karins Herz begann schneller zu schlagen und sie lehnte sich zufrieden gegen Michaels Brust.

Während der knappen zwei Stunden, die die Komödie lief, bewegten Karin und Michael sich so gut wie gar nicht. Die Abspannmelodie begann zu spielen und die ersten Namen der Credits erschienen am unteren Rand des Bildschirms, um langsam nach oben aufzusteigen und wieder zu verschwinden. Michael streckte sich und gähnte laut. Karin zuckte zusammen als ihre linke Schulter, die die Zeit über von Michaels Arm bedeckt war, plötzlich kalt wurde.

„Hast du Durst oder Hunger?", fragte Michael, sich noch immer streckend, und stand auf. Karin richtete sich langsam auf und erwiderte ruhig: „Was zu trinken wär gut!" Sie strich sich über die rechte Seite ihres Haars, um es wieder zu glätten. „Ok, ich hol was!", sagte Michael und trottete zur Tür. Das Schloss klickte laut, als er sie wieder hinter sich schloss.

Luna erhob sich schwerfällig aus ihrem Korb und schritt träge auf Karin zu. Ihre Krallen klackten bei jedem Schritt auf dem nackten Holzboden. Lautlos setzte sie sich vor Karin auf den Boden und blickte sie von unten her an. Karin grinste und legte ihre Hand auf Lunas Kopf. „Ich weiß, dass du dein Herrchen nicht mit mir teilen willst.", sagte sie leise, „Du bist ein Teil von ihm, so wie der Wolf ein Teil von mir ist. Obwohl du wahrscheinlich nicht so bösartig bist…"

Karin fuhr zusammen, als sich die Tür wieder öffnete. Luna rannte sofort auf Michael zu und lief schwanzwedelnd neben ihm her, als er zwei Gläser und eine Flasche Wasser zu dem niedrigen Tisch vor dem Sofa trug. Sie stemmte ihre Vorderpfoten auf die Tischplatte, doch Michael stoppte sie sofort und rief bestimmt: „Luna, Platz!" Luna nahm ihre Pfoten vom Tisch und jaulte leise. Karin grinste kurz.

„Wasser ist ok?", fragte Michael, als er sich wieder zu Karin setzte und das Wasser in die Gläser einschenkte. Karin nickte leicht lächelnd: „Ich trink eigentlich fast alles!" Sie leerten ihre Gläser schnell und stellten sie zurück auf den Tisch. Luna, die wieder zusammengerollt in ihrem Korb lag, gab ein leises Fiepen von sich. „Hast du eigentlich hier mit Lunas Besitzerin gewohnt?", fragte Karin plötzlich. Michael nickte und sah lächelnd zu Luna hinüber.

„Als ich sie kennen lernte, wohnte sie woanders. Dann verlor sie ihre Wohnung und zog hier ein, bis sie was Besseres finden konnte. Als sie was Besseres fand, oder eher *jemand* Besseren, hat sie sie hier gelassen…" „Na super!", kommentierte Karin verachtend, „Sie schnorrt sich bei dir durch, haut einfach ab und lässt ihren Hund auch noch hier, damit du ihn dann am Hals hast!" Michael lachte leise und schüttelte den Kopf. „Das ist das einzig Gute, was sie mir beschert hat!", erklärte er glücklich, „Dass sie Luna hier gelassen hat, war das Beste, was sie tun konnte, denn so war ich nie mehr allein." Karin seufzte leise.

Michael sah sie zufrieden an und ergänzte: „Sie ist eine der zwei Sachen in meinem Leben, die mir am wichtigsten sind." Karin wurde unmerklich rot. „Und was ist die andere Sache?", fragte sie mit schwacher Stimme und versuchte ihre Atmung wieder in den Griff zu bekommen. Michael lächelte. „Die Pflanze auf meinem Fensterbrett.", antwortete er und zeigte in Richtung des Fensters hinter Karin. Karins Augen wurden weit. Ohne ein Wort zu sagen, drehte sie sich um und betrachtete die kleine, grüne Topfpflanze mit den dicken, rundlichen Blättern, von denen einige am Ende braun gefärbt waren. „Ich kümmere mich um sie, seit ich zwölf war.", ergänzte er, als Karin sich wieder zu ihm umwandte.

„Äh, toll…", stotterte sie und versuchte, nicht zu gelangweilt zu klingen. Ihr Blick glitt zu Luna, die mit geschlossenen Augen auf der anderen Seite des Zimmers in ihrem großen Korb lag, und dann zu Boden. Michael grinste. „Ich meinte eigentlich dich, du Dummchen…", sagte er leise und ergriff ihr Hand schnell. Karin blickte auf. „Na Gott sei dank!", rief sie erleichtert, „Ich dachte schon, du würdest diese Pflanze echt schon seit sieben Jahren haben und pflegen." Michael grinste noch breiter. „Tu ich auch!", erwiderte er schnell und Karins Lächeln verschwand. „Aber sie ist mir nicht so wichtig.", ergänzte er, „Sie wächst fast von selbst." Karin seufzte beruhigt.

„Und du meinst das ernst?", fragte sie vorsichtig und schaute Michael tief in die Augen. „Oder ist das nur ein auswendig gelernter Text zum Süßholz raspeln?" Michael legte seine Hand ruhig an ihre Wange und lächelte. „Ich meine es ernst.", sagte er liebevoll und beugte sich langsam zu Karin vor, um sie zu küssen.

Plötzlich hörten sie ein lautes Gähnen auf dem Flur. Michael und Karin erstarrten und blickten verwirrt in Richtung Tür. Nur dumpf hörten sie, wie eine Person träge in Richtung Bad schlürfte und die Tür schwungvoll hinter sich schloss. Sie lachten leise und sahen sich wieder an. „Er ist wohl aufgestanden.", schmunzelte Michael amüsiert. Karin nickte und versuchte ihr Lachen zu unterdrücken. „So, wo waren wir?", fragte Michael leise und näherte sich Karin wieder.

Sie stoppten erneut, als Luna laut bellend zu ihnen lief und ihren schwarz glänzenden Kopf zwischen sie schob. Karin ließ sich seufzend nach hinten fallen und schlug unsanft auf der Lehne des Sofas auf. „Warte kurz!", sagte Michael grinsend und ging mit Luna aus dem Zimmer. Schon nach kurzer Zeit kam er zurück und setzte sich wieder zu Karin. Diese richtete sich sofort auf und sah ihn fragend an. „Ich hab ihr ein bisschen Futter gegeben, dann gibt sie erst mal Ruhe!", erklärte Michael schnell und lächelte.

Karin erwiderte sein Lächeln und sagte: „Aller Guten Dinge sind drei…" Michael lehnte sich abermals nach vorne und strich ihr liebevoll eine braune Strähne hinters Ohr. Er ergriff ihren Kopf sachte mit seiner Hand. Als ihre Lippen sich schließlich trafen, ließ er seine Hand auf ihre Schulter fallen und sie ruhig an ihrem Arm entlang absinken. Ein Schauer durchzog Karins Körper und sie zitterte leicht.

Mit geschlossenen Augen drückte Karin ihre Hände sanft gegen Michaels Brust und schob seinen Oberkörper behutsam nach hinten. Sein Rücken lag still auf dem dunklen Stoff des Sofas auf und entspannte sich schließlich. Karin löste ihren Mund kurz von Michaels und setzte sich rittlings auf seinen Bauch. Ihr Gewicht ruhte auf ihren Knien. Sie lehnte sich wieder vor und küsste Michael zärtlich.

Sie spürte, wie seine Hände stockend über ihren Rücken fuhren. Karins Herz schlug schnell. Sie umfasste Michaels Kopf mit ihrer rechten Hand und griff in sein kurzes, schwarzes Haar. Der Druck in ihrem Körper erhöhte sich und sie presste ihre Lippen noch stärker an ihn. Michaels Hände hielten inne und glitten dann an ihrer Taille auf und ab.

Karin lehnte sich zurück und sah Michael an. Nach einer Weile öffnete er lächelnd die Augen. Karins Herz raste. Ihre Atmung war schnell und sie hechelte. Michaels Augen weiteten sich irritiert, als er ihr Grinsen sah. Er versteifte sich instinktiv, als Karins Hand an seinem Gesicht entlang zu seinem Hals sank und diesen mit kurzen Bewegungen streichelte. Das Blut rauschte in ihrem Körper und färbte ihr Gesicht mit einem matten Rosa.

Michael öffnete den Mund, doch sein Hals war zu trocken, um etwas sagen zu können. Karin senkte eilig den Kopf und leckte lustvoll an seiner Kehle entlang bis an sein Kinn. Sie spannte ihre Beine stärker an und erhob ihre zweite Hand von dem weichen Untergrund. Michael schwitzte. Seine Augen waren starr geöffnet und auf Karin geheftet, die ihn mit feurigem Blick von oben betrachtete.

Ihre Finger knallten hart auf seine Schultern und fuhren angestrengt an seiner Brust entlang. Michael zuckte schmerzvoll zusammen, als ihre Krallen den Stoff seines T-Shirts aufschlitzten und tief in seine Haut eindrangen. Er wollte schreien, doch seine Stimmbänder gehorchten ihm nicht. Tränen der Verzweiflung bildeten sich in seinen Augenwinkeln, als er Karins graue Schnauze vor seinem Gesicht wahrnahm. Ihr Maul vibrierte, als sie ihn erregt anknurrte und die Zähne bleckte.

Karins Atmung wurde langsamer, doch auch schwerer. Ihre Ohren wurden von dem lauten Pulsieren ihres Blutes erfüllt. Luna bellte laut vor der Tür und kratzte aufgeregt mit den stumpfen Krallen am weißen Lack. Karin sah die Angst in seinem Gesicht und roch seinen Schweiß. Er bewegte sich nicht, doch sie wusste, dass er bei Bewusstsein war. Sein Blick war erfroren. Sein Blut klebte an Karins Pfoten und färbte die dunkelblaue Nacht tief rot. Ihr grau-

er Schwanz peitschte kraftstrotzend in der erhitzten Luft.
„Es tut mir leid…", hauchte sie innerlich und ihr schwerer
Kopf fuhr jaulend zu seinem Hals hinab…

Kapitel 20

Lautlos stellte Amelie ihre Tasche neben sich auf den Boden und ließ sich schwer auf das weiße Bett zurückfallen. Die Matratze federte unter ihrem Gewicht auf und ab. Sie verharrte einen Moment lang in dieser Position und starrte an die hellblaue Decke. Die Gedanken in ihrem Kopf rauschten laut und schienen sich alle ineinander zu verwinden. Das Chaos bereitete ihr Kopfschmerzen.

Ihre Arme, die sie über ihrem Kopf ausgestreckt hatte, wurden leicht taub und sie zog sie träge nach unten neben ihren Körper. Ihre Finger fuhren dabei sanft durch ihr glänzendes, blondes Haar und zogen einige feine Strähnen mit sich. Amelie schloss die Augen und versuchte sich zu entspannen. Während sich das Bild vor ihren Augen verdunkelte, wurden die Stimmen in ihrem Kopf immer deutlicher. Ihre eigene Stimme schrie sie von innen heraus an und wurde lauter und lauter… zu laut!

Amelie schlug die Augen wieder auf, als sie die schwache Vibration an ihrem Bein wahrnahm. Sie setzte sich auf und die Gedanken schlugen gegen die Innenwand ihrer Stirn. Sie zuckte schmerzvoll zusammen und hielt sich den Kopf mit der linken Hand. Mit der anderen kramte sie in den Tiefen ihrer Handtasche nach ihrem Handy, das noch immer vibrierte. Sie fand es schließlich und zog es langsam hervor. Sie wusste schon, wer sie anrief, bevor sie seinen Namen auf dem Display las.

Ihre linke Hand verkrampfte sich in ihren Haaren und sie presste die Augen zusammen. Das Telefon vibrierte noch immer in ihrer Hand. Plötzlich war es still. Amelie öffnete die Augen vorsichtig wieder und betrachtete das Display erneut. Mit einem Knopfdruck entfernte sie die Meldung *1 verpasster Anruf* und ihr Hintergrundbild kam zum Vorscheinen. Amelie verkrampfte sich erneut, als sie sein Gesicht darauf erkannte.

Das leise Piepen der Tasten verlief sich in der Stille des Raums. *Bild 583 löschen?* Amelie zögerte. Schließlich überwand sie sich die Taste zu drücken und eine kleine Sanduhr erschien auf dem Display. Das Bild war gelöscht. Sofort bereute Amelie ihre Entscheidung und die Gefühle in ihrem Magen wirbelten herum. Ihre Hand lockerte sich und das Handy fiel in die noch geöffnete Tasche zurück. Die ersten Tränen folgten ihm auf seinem Weg.

Amelie ließ sich zur Seite fallen und vergrub ihr Gesicht in der weichen Federdecke am Fußende ihres Betts. Die Gedanken flogen durcheinander und schlugen große Wellen in ihrem Kopf. Mechanisch zog sie ihre Beine auf die Matratze und drehte sich vollends auf den Bauch. Mit unkoordinierten Bewegungen griff Amelie an den dünnen Pullover an ihrem Rücken und versuchte ihn nach oben zu ziehen. Verzweifelt riss sie an dem hellblauen Stoff und an dem weißen Top darunter und schob es Stück für Stück nach oben. Die feinen Tropfen liefen weiter auf die Decke und verfärbten den schneeweißen Stoff stellenweise in ein seichtes Grau.

Der Stoff ihres Pullovers glitt immer wieder nach unten und sie gab schließlich auf. Ihre Flügel drückten kraftvoll durch das helle Blau und erhoben sich rein aus ihrem Rücken empor. Mit einem kräftigen Schlag breiteten sie sich zu beiden Seiten aus. Amelies Schluchzen wurde lauter und sie begann wie wild mit ihren Schwingen um sich zu schlagen. Ihr linker Flügel prallte hart auf die Wand neben dem Bett. Ihr rechter streifte immer wieder den Kleiderschrank neben der Tür und den Boden. Sie stoppte…

„Warum?", murmelte sie in die Decke hinein. „Warum?" Ihre Stimme wurde lauter: „Warum? Warum? Warum? Warum? Warum?" Mit einer schnellen Bewegung setzte Amelie sich auf dem Bett auf und starrte auf ihre weißlichen Füße. „Warum…", flüsterte sie und schloss erschöpft die Augen. Ihre Flügel standen erhaben hinter ihrem Rücken und schienen den größtmöglichen Abstand von ihrem Körper zu suchen.

Nur widerwillig rief Amelie sich die Szenerie erneut vor Augen. Der Druck in ihrem Kopf wurde weniger. „Amelie, es tut mir leid, ich wusste es nicht…", hörte sie Phillips Stimme verschwommen. Sie kniff die Augen zusammen und eine weitere Träne rann ihre blassrosa gefärbte Wange hinunter. „Ich kann wohl nur damit abschließen, wenn ich es noch einmal durchlebe…", dachte sie betrübt und lockerte ihr Gesicht, „Ich muss ihn als Teil meines Lebens akzeptieren…"

Phillips Stimme wurde klarer. Amelie sah die Bilder erneut vor sich. Sie sah die schmale Straße, die zum Seniorenheim führte. Sie spürte die schweren Schritte, mit denen sie sich schnell vom Gebäude entfernte. Sie hörte Phillips Schritte direkt hinter sich und seine Stimme, die sie rief. Er ergriff ihren Arm und zwang sie so, stehen zu bleiben. Sie sah auf den grau gepflasterten Boden unter ihren Füßen.

„Amelie hör mir doch zu!", rief er außer Atem, doch sie reagierte nicht. „Ich sagte doch, dass es mir leidtut! Ich habe einen Fehler gemacht, ok?" Er schwieg einen Moment und lockerte seine Hand an ihrem Arm. Amelies Kopf ging zu ihm herum. „Nein, es ist nicht ok!", schrie sie ihn an, „Ein Mensch ist tot, weil du nicht warten konntest!" Phillip sah sich erschrocken um, doch es war keiner außer ihnen zu sehen. „Was wäre denn passiert, wenn ich zu lange gebraucht hätte?", fragte sie ihn vorwurfsvoll und riss ihren Arm aus seiner Hand. Phillips Blick wurde wütend: „Er wäre qualvoll erstickt, weil seine Lunge aufhörte zu funktionieren!" „Er wäre also genau so gestorben!", konterte Amelie schnell. „Es geht um die Art, wie er gestorben wäre!", erwiderte Phillip laut. „Aber er hätte nicht sterben müssen...!"

Amelies Stimme hallte leise von den Bäumen am Rande der Straße wider. Schweigend sahen die beiden sich an. Die Aufregung färbte ihre hellen Gesichter matt rot. „Du hast dich vielleicht auch schon einmal falsch entschieden, hast du daran schon mal gedacht?", fragte Phillip leise. Amelies Augen wurden groß. „Keiner von uns kann sich sicher sein, bei dem was er tut!", erklärte er mit Nachdruck. „Es war purer Zufall, dass wir es in diesem Fall wissen, weil wir zu zweit waren!" Amelie starrte ihn wortlos an. Sie konnte Phillips Gesichtsausdruck nicht definieren. „Wir sind immer noch zum Teil menschlich...", sagte er ernst, „Und Menschen machen Fehler..."

„Ich möchte alleine sein...", erwiderte Amelie leise und drehte sich um, um zu gehen. Phillips Worte erfüllten ihre Gedanken und pressten stark gegen die Innenwände ihres Kopfes. Ein kleiner Teil in Amelie wartete darauf, dass Phillip ihr folgte und sie aufhielt. Egal wie, er sollte nur versuchen, sie aufzuhalten... Doch sie hörte seine Schritte nicht mehr. Stattdessen vernahm sie plötzlich das Geräusch von schlagenden Flügeln. Sie drehte sich um und sah, wie er steil in den Himmel fuhr und elegant in den formlosen Wolken verschwand.

Amelie öffnete die Augen wieder und sah sich in ihrem Zimmer um. „Eigentlich weiß ich gar nicht, ob ich alleine sein will oder nicht...", dachte sie traurig und lächelte. „Es hilft eigentlich beides nicht..." Sie wollte sich nach hinten auf ihr Bett fallen lassen, doch der Widerstand ihrer Flügel hielt sie auf. Sie seufzte leise. „Am besten wäre es natürlich, wenn ich mit jemandem darüber reden könnte. Doch wer sollte das sein? Jetzt, da ich Phillip nicht mehr habe..."

„Ich weiß nicht, ob ich ihm je wieder in die Augen sehen kann... Ich weiß auch nicht, ob er mich überhaupt noch sehen möchte... Der Engel hat ihn getötet, er hat den alten Herrn einfach getötet... Der Engel hat die Macht

dazu, doch hat er auch das Recht? ... Der Engel tötet...
Wie kann ich ihm je wieder vertrauen...?"

Amelies Flügel wölbten sich liebevoll nach vorne und
legten sich leicht um ihren Körper. Sie stutzte und betrachtete die Spitzen ihrer Federn im Augenwinkel. Verwundert
drehte sie den Kopf zu Seite und berührte den weichen
Flaum mit ihren Fingerspitzen. Sie strich sanft über die el-
fenbeinfarbenen Keile und zeichnete die runden Enden
der einzelnen Federn nach. Amelie lächelte und schloss
zufrieden die Augen. Ihre Hand sank langsam nach unten.

„Es stimmt schon, dass der Engel tötet...", dachte sie
ruhig, „Doch er hilft auch... Alles was er tut, tut er, um zu
helfen... Und dass er dabei Fehler macht, ist unumgänglich... Nein... Dass ich Fehler mache, ist unumgänglich...
Es geht nicht um den Engel... Den Engel gibt es nicht... Es
geht auch nicht um meinen und seinen Engel... Es geht
um mich und ihn... Er hat einen Fehler gemacht, denn er
ist der Engel... Er hat ihn getötet... Und auch ich habe
schon getötet... Doch auch ich wollte nur helfen... Ich bin
der Engel..."

Amelie verschränkte die Arme locker vor der Brust und
schloss die Augen. Ihre Flügel schlossen sich eng um sie
und hüllten ihren gesamten Körper in das glänzende Weiß
der seidigen Federn ein. Sie atmete ruhig und gleichmäßig.
„Jetzt bin ich erst vollständig...", dachte sie glücklich und
lächelte. Die Welt um sie herum verschwand...

Ruckartig schlugen ihre Flügel zurück, als sie den
Druck in ihrem Körper verspürte. Amelie öffnete erstaunt

die Augen und verkrampfte leicht. „Schon wieder…", flüsterte sie unsicher und blieb bewegungslos sitzen. Der Druck wurde langsam stärker. Amelie presste die Augen zusammen, doch der Druck erhöhte sich nur noch mehr. Sie hielt den Atem an. Sie hatte das Gefühl, jeden Moment zu zerspringen. Ihre Adern schienen mit viel zu viel Blut gefüllt zu sein. Das Pochen in ihrem Kopf wurde unerträglich. Ihre Zähne pressten stark gegeneinander.

„Ich muss gehen…", dachte sie angestrengt und stand stockend auf. Der Druck nahm ab, doch sie spürte ihn deutlich. „Ich muss gehen…", wiederholte sie leise. Sie faltete die Flügel an ihrem Rücken zusammen und verstaute ihr Handy im Laufen in der engen Tasche ihrer Jeanshose. Fast zu schnell rannte sie den kurzen Flur entlang und stieg die Treppe nach unten. Sie griff reflexartig nach dem Geländer, als ihr Fuß ausrutschte und ihr Oberkörper schwer nach vorne fiel. Sie wartete einen Moment und erinnerte sich, dass ihre Eltern im Wohnzimmer fernsahen.

Sofort verschwanden Amelies Flügel wieder in ihrem blassen Rücken und sie setzte ihren Weg schleichend fort. An der Haustür zog sie ihre grauen Schuhe an und betrachtete kurz die anderen Paare, die dort standen. Karins Schuhe fehlten. „Sie kann mich also nicht gesehen haben…", dachte Amelie erleichtert und seufzte.

Vorsichtig zog sie die Tür hinter sich zu und erschauderte aufgrund der Kälte. „Es wird schon gehen…", sagte sie leise und rieb sich die Arme. Dann blickte sie sich um. Das Licht des Wohnzimmers schien von der anderen Seite des Hauses um die Ecke. Die Straße vor dem Haus war kaum befahren. Ruckartig entfalteten sich ihre breiten Flügel wieder und reflektierten erhaben das silberne Licht des vollen Mondes.

Ohne Nachzudenken schlug Amelie ihre Flügel nach unten und erhob sich in die tiefschwarze Nacht. „Das ist unglaublich.", lachte sie leise, als sie über ihrem Haus in der Luft stand und sich erstaunt umblickte. Der Druck baute sich wieder auf und Amelie flog die Straße stadtauswärts entlang. „Ein Autounfall?", fragte sie sich, als sie den weißen Strichen der Spurtrennung folgte und sich umschaute. Es war nichts zu sehen. Sie flog nach links und stieß mit den Füßen leicht gegen die dunklen Kronen der Bäume unter sich. Das leise Rauschen des vereinzelten Straßenverkehrs verschwand.

„Hier…" Amelie stieg vorsichtig zwischen den Bäumen hinab und sah sich um. Ihr Flügel stieß unsanft gegen einen Ast und sie fiel erschrocken zu Boden. Mit schmerzverzerrtem Gesicht saß sie auf dem belaubten Waldboden und stöhnte. Ihr Fuß schmerzte, doch sie zwang sich aufzustehen. Ihre Flügel verschwanden wieder in ihrem Rücken und sie strich eilig über ihre Kleidung, um die Risse, die sie hinterlassen hatten, zu schließen.

Der Druck in ihr stieg erneut an. Sie wusste, dass sie sie gefunden hatte. Mit schwankenden Schritten ging sie um den Baum, der sie so angezogen hatte, herum und erkannte mit Mühe die zusammengesunkene, schwarze Gestalt, die an ihm lehnte. Sie holte ihr Handy heraus und schaltete die Taschenlampe an, um etwas sehen zu können. Erschrocken wich sie zurück und stolperte über ihren schmerzenden Fuß. Das Bild, das sich ihr darbot, war grausam, doch sie konnte das Licht nicht von ihr nehmen.

Amelie redete innerlich auf sich ein, sich auf ihre Aufgabe zu konzentrieren, und konnte sich schließlich langsam aufrichten. Sie trat näher an das Mädchen heran und betrachtete ihren Zustand nur widerwillig. Eine Träne rann ihr kaltes Gesicht herunter, als sie sich vor ihr hinkniete und ihren Körper betrachtete. Sie legte die freie Hand an ihren Hals und lächelte erleichtert. „Sie hat noch einen schwachen Puls.", sagte Amelie leise in die kühle Nacht, „Ich kann ihr Leben noch deutlich spüren…"

Amelie ging mit dem Licht an ihrem nackten Körper hinunter zu ihren Zehen und wieder hinauf. An ihren Armen hielt sie inne. Eine dunkle Flüssigkeit rannte aus ihren aufgeschlitzten Handgelenken und warf einen undurchsichtigen Schatten auf sie. Zwei saubere Schnitte, wie es schien. Amelie starrte ungläubig auf die Wunden. „Hat sie etwa… mit ihren…", stotterte sie leise vor sich hin und betrachtete wieder das Gesicht des Mädchens.

„Ich wünschte so sehr, ich müsste es nicht tun…", dachte sie traurig und legte die Fingerspitzen an ihre kalte Stirn. Eilig überflog sie die Erinnerungen und Gefühle des Mädchens. Sie betrachtete schockiert die Ereignisse, die sie zu ihrer Tat getrieben hatten, und zog die Hand zurück. Eine Träne rann aus ihrem Auge und sie schluchzte leise.

„Zum Glück ist es eine leichte Entscheidung...", dachte sie und legte ihre Hand wieder an die Stirn des Mädchens. Ihr Puls wurde kaum merklich stärker. Amelie stand unter Schmerzen auf und holte die Jacke, die wenig entfernt von dem Mädchen auf dem Boden lag. Sie kniete sich wieder hin und deckte sie vorsichtig zu.

Amelie betrachtete sie und lächelte. Sie versuchte ihre Traurigkeit zu unterdrücken, um den Anruf mit ihrem Handy zu machen. Es klingelte. „Amelie...", hauchte das Mädchen plötzlich und Amelie erschrak. Sie richtete die Lampe auf das Gesicht des Mädchens und sah in ihre nur schwach geöffneten Augen. Ihr Kopf fiel schlaff zur Seite und die kurzen Haare bedeckten ihr Gesicht.

Das Gespräch wurde angenommen und eine leise Stimme tönte aus Amelies Handy. Hastig zog sie das Telefon wieder an ihr Ohr und verlor die Silhouette des Mädchens in der plötzlichen Dunkelheit aus den Augen. „Hallo...", beantwortete Amelie den Anruf und begann erneut zu weinen. „Ich brauche einen Krankenwagen! Meine Schwester hat versucht, sich umzubringen..."

Kapitel 21

Wir, die sich gemeinhin *Spürer* nennen, tun alles, was in unserer Macht steht, um denjenigen, die den schon angesprochenen Gendefekt in sich tragen, ein möglichst normales Leben zu ermöglichen. Wir unterrichten sie rechtzeitig über die Abweichung ihrer genetischen Anlagen, wir erklären ihnen, wie sie diese Abweichung vor den normalen Menschen geheim halten können und wir beraten sie, wann immer sie unsere Hilfe brauchen, damit ihr wahres Ich nie entdeckt wird.

Zu unserem Bedauern erreicht unsere Hilfe einige Betroffene nicht in dem Maße, wie es für sie von Nöten wäre. Sie fühlen sich ihrer Situation leider zu oft nicht mehr gewachsen und entscheiden sich, ohne sich mit uns zu besprechen, für den einfachen Weg des Freitodes.

Selbstverständlich versuchen wir, beim Scheitern dieser Tat, die Betroffenen weiter zu unterstützen, indem wir während der Dauer ihrer nachfolgenden Unpässlichkeit ihre Abnormalität weiterhin unter Verschluss halten und sie nach ihrer Genesung in eine Therapie überweisen, so wie normale Menschen diese ja auch manchmal wahrnehmen. Der Unterschied besteht in diesem Fall selbstverständlich im Therapeuten, denn diese speziellen Personen bedürfen auch einem speziell ausgebildeten Berater und Betreuer.

An jenem Tag besuchte ich das Krankenzimmer von Karin Fischer. Mir war berichtet worden, dass sie entblößt in einem Wald gefunden wurde, nachdem sie versucht hatte, sich durch das Öffnen ihrer Pulsadern mit folgendem enormen Blutverlust das Leben zu nehmen. Ihre Schwester Amelie Fischer fand sie in der betreffenden Nacht in Ausübung ihrer Engelspflicht.

Ich stand vor dem Bett und betrachtete aufmerksam das junge Mädchen, das regungslos da lag. Ihre in Folge ihres Defekts vergrößerten Eckzähne waren glücklicherweise nicht zu sehen. Sie waren anscheinend nur mäßig ausgeprägt. Ich blätterte sogleich in meinem Notizbuch, das ich für meine Arbeit immer bei mir trage, nach einem Therapeuten für ihre Angelegenheit.

Ich übertrug seinen Namen und seine Telefonnummer auf einen kleinen Block, auf dem ich in Fällen wie diesen die für den Patienten zu erledigenden Dinge vermerke. Im einfachsten Falle belaufen sich diese Dinge auf einen Anruf bei dem entsprechenden Therapeuten und ein intensives Gespräch mit der zu behandelnden Person, sobald sie ansprechbar und aufnahmefähig ist.

Einige der Personen mit Abnormalität denken jedoch nicht ausreichend über ihre Tat nach und bereiten uns daher etwas mehr Mühe, um den Umstand um die Abweichung ihrer Gene zu verbergen. Karin Fischer gehört zu der Art *Lupus*, allgemein auch als *Wolfsmenschen* oder *Werwölfe* bekannt. Sie entwickelt mit der Pubertät die Fähigkeit zur vollständigen Verwandlung in einen Wolf. Zudem bilden Lupi einen Hunger auf menschliches und tierisches Blut aus, den sie gezwungen sind, in regelmäßigen Abständen zu stillen.

Karin Fischer hatte sich nach Aussage ihrer Schwester Amelie, die zum Zwecke ihrer Rettung Karins Erinnerungen in ihr eigenes Bewusstsein transferieren musste, ihre Handgelenke mit den Krallen ihrer Wolfsgestalt verletzt. Der Grund für diese Tat konnte noch nicht ermittelt werden, doch da sie zum Zeitpunkt ihres Auffindens keine Kleider trug, ist zu vermuten, dass sie ihren Hunger auf Blut zuvor unbeabsichtigt an einem Menschen gestillt hatte. Durch die spontane Verwandlung in die Wolfsgestalt, dürften ihre Klamotten zerborsten sein.

Ich notierte mir die Worte *wollte ihre Kleidung nicht beschmutzen* unter der Telefonnummer des Therapeuten. Sie sollten als Antwort dienen, falls jemand im Krankenhaus fragen sollte, warum Karin Fischer keine Kleidung trug.

Durch das Benutzen ihrer Wolfskrallen fanden die Sanitäter kein Messer oder Ähnliches am Ort des Geschehens. Ich notierte die Worte *Glasscherbe Laub übersehen*. Der Therapeut würde im Zuge seiner Sitzungen mit Karin diese Fakten, die bei den normalen Menschen Aufsehen erregen könnten, besprechen und ihr die passenden Antworten beibringen.

Ich verstaute das Notizbuch und den Block wieder in den Taschen meiner Jacke und betrachtete Karin Fischer erneut. Aus ihren Unterlagen hatte ich entnommen, dass sie schon vor einiger Zeit in einer Beratungsstelle nach einer Medizin gegen den Hunger, den ihre Abnormalität immer wieder auslöst, gefragt hatte. Natürlich arbeiten wir mit unseren begrenzten Mitteln an Medikamenten, die die Symptome der verschiedenen Defekte mindern sollen. Doch sollte es nur zu verständlich sein, dass dies ein schwieriges Unterfangen ist, da sich die Krankheit in den Genen selbst befindet.

Nach der Therapie würde Karin Fischer wieder in ihr gewohntes Leben zurückkehren. Sie würde in der Lage sein, ein normales Dasein zu führen; insofern ihr Wille dazu hinlänglich ausgeprägt ist. Viele Betroffene kämpfen ihr Leben lang mit schweren sozialen Problemen und Ängsten vor der eigenen Person. Die Folge sind unter anderem Depressionen, Aggression und Isolation. Doch mit unserer fürsorglichen Hilfe und dem nötigen Willen sind sie im Grunde alle im Stande, ihre Umstände zu verbergen und ein normales Leben zu führen. Es liegt alleine bei ihnen...

Kapitel 22

Die Welt um Karin herum war schwarz. In der Ferne hörte sie dumpfe Geräusche. Sie konnte sich nicht bewegen. Sie schlug die Augen auf und kniff sie reflexartig zusammen, als das helle Licht der Deckenlampe auf sie traf. Karin versuchte etwas zu sagen, doch ihre Stimmbänder waren zu müde. Nur sehr langsam öffnete sie die Augen erneut und versuchte, sie trotz des grellen Lichtes nicht wieder zu schließen.

„Herr Krüger hat mal wieder 45 Minuten am Stück geredet…", hörte sie eine leise Stimme. Sie wollte ihren Kopf drehen, doch er war viel zu schwer. Karin versuchte, der Stimme zu lauschen und sie einzuordnen. „Ich hab versucht, alles mitzuschreiben.", sprach die Stimme weiter, „Du schuldest mir was. Ich hatte ziemliche Probleme, nicht einzuschlafen." Karin hatte das Gefühl, als würde die Person nicht mit ihr reden. „Es ist also noch jemand hier…", dachte sie erschöpft.

„Mathe hab ich dir schon mal kopiert. Wir haben diese *Gauß'sche Normalverteilung* angefangen. Falls du nicht durchblickst, sag Bescheid." „Schöner Zungenbrecher.", entgegnete eine andere Stimme ruhig. „Sieht richtig schön kompliziert aus. Ich schau mal, ob ich's verstehe…" Karin brauchte einen Moment, um den Unterschied zwischen der ersten und der zweiten Stimme wahrzunehmen. „Rebekka…?", meinte sie, die erste Stimme schließlich erkennen zu können. Sie dachte angestrengt an die zweite Stimme, die inzwischen wieder verstummt war.

„Amelie...", schoss es ihr durch den Kopf. „Amelie... Amelie..." Ihre Gedanken schrien. Sie versuchte mit Nachdruck, ihren Mund endlich zum Reden zu bewegen. Das regelmäßige Piepen im Hintergrund wurde schneller. „Amelie..." Am Rand ihres verschwommenen Blickfeldes tauchten zwei dunkle Gestalten auf. Eine dritte kam hinzu und ging einmal um Karins müden Körper herum. „Was ist los?", hörte sie Amelies Stimme entfernt. „Sie ist aufgewacht.", erklärte eine ihr neue Stimme seriös. Karin hatte immer größere Mühe, ihre Augen offen zu halten.

Plötzlich wurden die Geräusche klarer. Das Bild vor ihren Augen verschärfte sich mehr und mehr und das gleißende Licht der Zimmerdecke wurde endlich erträglich. Karin entspannte ihre Augen und atmete tief durch. Das Piepen wurde langsamer. „Ok, sie dürfte jetzt wach werden.", sagte die fremde Stimme lauter. Die Person, die als letztes gekommen war, verschwand aus Karins Sicht. Ihre Augen waren noch starr, doch sie merkte, wie sie mit jeder Sekunde beweglicher wurden.

„Amelie...", konnte sie schließlich flüstern und drehte langsam den Kopf. Sie erkannte Amelies langes, goldenes Haar, das schwerelos über Karin hing, als Amelie sich über sie beugte. „Warte, noch kurz. Gleich wird's besser...", sagte Amelie lächelnd. Karin drehte leise seufzend den Kopf zurück und wartete einige Sekunden. Sie spürte deutlich, wie ihr Körper schubweise Energie aufbaute. Ihr

Blut begann, schneller zu zirkulieren. Ihre Wahrnehmung wurde klarer.

Karin gähnte, als sie ihr Bewusstsein vollends zurückerlangt hatte. Sie wandte ihren Kopf wieder zu Karin und schaute sie verwundert an. „War es also doch Rebekka…", sagte sie in Zimmerlautstärke und versuchte sich aufzusetzen. Ihre Arme fielen schmerzend zurück auf die dünne Matratze des Krankenhausbettes. Amelie beugte sich sofort über sie und zog behutsam ihren Oberkörper nach oben. Karin hob ihren Kopf von der kalten Wand hinter sich ab und sah die beiden an. „Danke.", sagte sie schnell, ohne eine erkennbare Regung im Gesicht.

„Ok. Ich geh dann mal…", sagte Rebekka schnell und umarmte Amelie mitleidig. „Die restlichen Schulsachen, besprechen wir später." Amelie nickte und lächelte: „Danke, Bekka." Rebekka packte schnell ihre Tasche zusammen und warf sie schwungvoll über ihre Schulter. „Keine Ursache. Ich komme später noch mal wieder.", erwiderte sie winkend und drehte sich schnell um, um zu gehen. Amelie ging hinter ihr her und schloss lautlos die Tür des Zimmers.

Mit weichen Schritten trat sie wieder an Karins Bett heran und setzte sich auf einen der zwei Stühle, die davor standen. Auf dem leeren Stuhl lag ein unordentlicher Haufen an weißen und beigen Zetteln, der von zwei kleineren Büchern beschwert wurde. „Also, was gibt's?", fragte Karin abweisend und blickte nach rechts aus dem großen Fenster auf die grün-braune Wiese davor. Der Himmel war bewölkt, doch Karin war sich nicht sicher, ob es regnete. Sie verschränkte die Arme sehr locker auf ihrem Schoß, doch ihre Handgelenke schmerzten erneut.

„Was es gibt?", fragte Amelie laut und stand halb von ihrem Stuhl auf. Sie verstummte und ließ sich elegant zurückfallen. „Karin...", Amelie stützte ihre Ellenbogen auf die Oberschenkel und vergrub ihr Gesicht in ihren Händen. „Ich will mit dir darüber reden..." „Ich will aber nicht darüber reden!", unterbrach Karin sie sofort und blickte sie vorwurfsvoll an. „Außerdem weißt du doch sowieso schon alles, oder?" Amelie blickte sie verzweifelt an und schwieg. Karin drehte ihren Kopf wieder Richtung Fenster.

„Warum hab ich nicht mit dir darüber geredet?", fragte sie sich selbst. Karins Kopf fuhr zu ihr herum: „Wie meinst du das?" Amelie wagte es nicht, Karin in die Augen zu sehen. Sie zögerte. „Ich wusste davon!", gestand sie leise und blickte zu Boden, „Ich wusste, was du bist und ich hab es dir nie gesagt..." „Aber wie?", hauchte Karin irritiert. „Ich habe dich mal heimlich beobachtet und da hab ich es gesehen...", erklärte Amelie. Karins Blick wurde wütend.

„Ich wollte dich nicht darauf ansprechen, weil ich dachte, es wäre dir unangenehm.", sie wurde lauter, „Ich weiß doch, wie man sich fühlt, wenn man..." „Was weißt du schon darüber, wie ich mich fühle?", schrie Karin sie an und schlug mit den Fäusten neben sich auf das weiße Laken. Sie zuckte schmerzvoll zusammen. „Du hast mich allein gelassen!", brüllte Karin enttäuscht, „Du hättest mir helfen können! Du hättest es verhindern können!"

Karin atmete schwer. Sie kniff die Augen zusammen und schluckte die aufsteigenden Tränen krampfhaft herunter. „Karin...", begann Amelie leise. Ihr Blick glitt nach oben und sank sofort wieder ab. Karin schnaubte leise. „Verschwinde einfach und lass mich allein, wie du's die ganze Zeit getan hast..." Sie starrte auf die weißen Verbände an ihren Handgelenken. „Es ist mein Schicksal, für immer alleine zu sein..."

Amelie stand auf und ging zur Tür. Sie nahm die silberne Klinke in die Hand und drückte sie leicht nach unten. Sie stockte. Schließlich ließ sie die Klinke wieder los und schritt eilig zu Karins Bett zurück. Ohne etwas zu sagen, legte sie ihre blassen Arme um Karins Schultern und drückte ihren Kopf an die Brust ihrer Schwester. Karin blickte erschrocken auf die blonden Haare herab, die ihren gesamten Oberkörper bedeckten. Sie wusste nicht, was sie tun sollte.

„Ich will dich nicht mehr alleine lassen!", schluchzte Amelie gedämpft und blickte zu ihr auf. „Wir haben endlich jemanden, mit dem wir darüber reden können. Das können wir doch nicht einfach so wieder vergehen lassen..." Karin sah sie wütend an und erwiderte nichts. Amelie trat zurück und sah sie an. Sie wischte sich die Tränen vom Gesicht und lächelte sanft. „Tut mir leid.", sagte sie leise, „Ich weiß, dass du es hasst, umarmt zu werden."

Karin schüttelte langsam den Kopf und lächelte leicht. Ihre kurzen Haare schwangen vor ihren Augen hin und her. „Der Wolf hasst Umarmungen!", erklärte sie leise. „*Ich* hab kein Problem damit..." „Aber du bist der Wolf...", warf Amelie verwundert ein, doch Karin schien sie zu ignorieren. „Der Wolf hat ihn getötet... Er hat ihm das angetan..." Sie blickte Amelie verzweifelt in die Augen und schluchzte: „Ich war das nicht, oder? Ich hab ihn doch nicht getötet..."

Karin sackte weinend zusammen und bedeckte ihr Gesicht mit ihren Händen. Amelie starrte sie wortlos an. „Es ist das erste Mal seit fast sechs Jahren, dass ich sie weinen sehe...", dachte sie, „Dass ich überhaupt eine Emotion bei ihre sehe, die keine Wut ist..." Amelie lächelte glücklich und nahm Karin erneut in den Arm. Diese warf ihren Kopf gegen Amelies Brust und ergriff verzweifelt den Stoff des weichen Pullovers. Amelie betrachtete von oben, wie ihr braunes Haar im Rhythmus ihres Schluchzens auf und ab sprang. Eine glitzernde Träne rannte ihre Wange herunter und fiel auf Karins Haupt hinab.

Als Karin sich wieder beruhigt hatte, ging Amelie zu ihrer Tasche und holte eine Packung Taschentücher aus ihr hervor, um sie Karin zu reichen. „Danke.", flüsterte diese und wischte mit schnellen Bewegungen über ihr Gesicht. Amelie lächelte sie sanft an. Sie stockte. „Außer unseren Eltern und Rebekka weiß übrigens keiner, warum du hier bist.", erklärte sie ruhig. „Auch Isabelle weiß zwar, wo du bist, aber nicht warum." Karin nickte erleichtert.

Ihr Blick senkte sich betrübt. „Und wo sind unsere Eltern?", fragte sie Amelie vorwurfsvoll. „Sie waren die Nacht über hier.", antwortete Amelie ernst, „Dann mussten sie zur Arbeit. Aber ich denke, das Krankenhaus hat sie schon angerufen…" Ein Anflug von Hass fuhr über Karins Gesicht. Amelie blieb stumm und setzte sich.

„Er ist im Übrigen nicht tot!", warf sie plötzlich in den Raum. Karins Blick wurde starr. „Was…?", hauchte sie kaum hörbar und sah auf das zerknüllte Taschentuch in ihren Händen. Amelie lächelte zufrieden. „Du hast weniger Schaden angerichtet, als du wohl geglaubt hast.", meinte sie aufmunternd, „Und du hast den Krankenwagen rechtzeitig gerufen. Ich bin stolz auf dich!" „Ich hab ihn… nicht getötet…", flüsterte Karin abwesend.

Amelie stand auf und trat an sie heran. Sie hob Karins Kopf vorsichtig an und schaute ihr in die Augen. „Ich wollte es nicht, aber ich musste deine Gedanken und Erinnerungen lesen, bevor ich dir das Leben rettete.", sagte sie ruhig. Karin nickte ausdruckslos. „Ich weiß genau so gut wie du, dass du dich bewusst davon abgehalten hast, ihm das Leben zu nehmen. Du hast ihn verletzt, aber du hast die Kraft deines Kiefers derart reduziert, dass er nicht starb. Du hast dich entschieden, ihn nicht umzubringen."

Karin starrte sie wortlos an. Widerwillig rief sie die Bilder in ihrem Kopf ab. Sie sah, wie ihre Krallen über seinen Oberkörper fuhren und rote Linien auf ihm zeichneten. Das Blut trat langsam aus ihnen hervor. Sein Blick war steif. Ihr Kopf senkte sich zu ihm herab und ihre Zähne durchdrangen die dünne Haut an seinem Hals. Sie spürte, wie ihr Kiefer blockiert wurde. Ihr Körper stand still. Wie in Trance löste sie ihr Gebiss aus seinem Fleisch und stolpere jaulend von ihm zurück.

Sie sah, wie sie ihre lange Jacke schnell überstreifte und ihre Tasche über ihre Schulter schwang. Sie hoffte, dass sein Mitbewohner sie nicht sehen würde. Sie ließ die Tür offen, nahm ihre Schuhe in die Hand und rannte aus der Wohnung. In einer Seitenstraße blieb sie stehen. Sie drückte ihre kalten Füße in ihre Schuhe, während es klingelte. Die Stimme des Mannes vom Rettungsdienst meldete sich…

„Ich… Ich habe…", stammelte Karin und sah Amelie erstaunt an, „Ich habe ich nicht getötet. Weil ich ihn nicht töten wollte, ich… Ich habe entschieden, ihn nicht zu töten…" Amelie lächelte sie liebevoll an. Ein Lächeln huschte über Karins Gesicht. „Der Wolf ist nicht nur ein Teil von dir.", erklärte Amelie und legte ihre Hand auf Karins Arm, „*Du* bist der Wolf… Was er tut, tust du und was du tust, tut er… Er ist genau so in Michael verliebt, wie du es bist… Und er könnte ihn nie töten, wenn du es ihm nicht erlaubst…" Karin lächelte erneut. „Danke…"

Es klopfte. Die Blicke der beiden glitten zur Tür. „Herein.", rief Karin mit fader Stimme. Isabelles schwarzhaariger Kopf schob sie vorsichtig durch die Tür und blickte sich neugierig um. Karin verstaute ihre Arme ruckartig unter der schneeweißen Decke. „Kann ich rein kommen?", fragte Isabelle unsicher. „Klar, kein Problem.", antwortete Karin erfreut und Isabelle betrat den Raum.

„Ich geh dann mal.", verabschiedete Amelie sich schnell und umarmte Karin ein letztes Mal. „Ich wollte noch jemand anderen besuchen, der hier liegt und muss sein Zimmer erst noch ausfindig machen." Sie zwinkerte Karin zu. Dann ging sie eilig zur Tür und schloss sie leise hinter sich.

„Geht's dir gut?", fragte Isabelle besorgt und stellte ihre Tasche neben den Stühlen ab. Karin lächelte leicht und nickte stumm. Isabelle zuckte. Karins Grinsen wurde breiter. „Du darfst mich umarmen!", sagte sie und rollte mit den Augen. Behutsam schlang Isabelle die Arme um den blassen Körper ihrer Freundin.

„Was hast du denn?", fragte sie, als sie Karin wieder los ließ. „Ein Infekt!", entgegnete Karin schnell. Die Frage hatte sie überrumpelt und sie war sich ziemlich sicher, dass sie nicht sehr überzeugend wirkte. „Sie dachten erst, es wäre mein Blinddarm, aber das war zum Glück ein Fehlalarm." Sie lächelte gequält. „Ach so...", schmunzelte Isabelle und blickte auf die Verbände an Karins Handgelenken, die sichtbar geworden waren, als Isabelle Karin umarmt hatte. Karin folgte ihrem Blick und vergrub ihre Arme wieder tief unter der Decke.

„Oh mein Gott...", flüsterte Isabelle abwesend. Karin sah sie schuldbewusst an. Isabelle hob ihren Blick. „Heißt das, ich hab mich jetzt vielleicht angesteckt?", rief sie erschrocken und trat schnell ein paar Schritte zurück. „Ich denke eher nicht...", grinste Karin erleichtert. Zögerlich trat Isabelle wieder näher an sie heran. Sie seufzte. „Aber was weiß ich schon, ich bin ja kein Arzt.", stichelte Karin und Isabelle ging sofort wieder auf Abstand. „Du bist schon was Besonderes, Isi!", sagte Karin amüsiert und lachte. Isabelle grinste stumm.

Kapitel 23

Vorsichtig öffnete Karin die weiße Krankenzimmertür und ging einen Schritt in den Raum hinein. Sie sah sich um. Am anderen Ende des Zimmers standen zwei Betten. Auf der linken Seite lag ein älterer Mann mit grauen und schwarzen Haaren und schlief. Auf der rechten Seite saß ein junger Mann mit schwarzen Haaren aufrecht in seinem Bett und las in einem Buch. Sein Hals war weiß bandagiert. Karin klopfte leise gegen den Türrahmen und er blickte auf. Seine Augen schienen die Wand gegenüber zu fokussieren.

Er zuckte, als er Karins Stimme vernahm: „Darf ich reinkommen?" „Wie sollte ich dich aufhalten?", fragte er, an die Wand starrend, und legte das Buch zur Seite. Karin seufzte leise und schloss die Tür vorsichtig hinter sich. Sie ging hinüber zu Michaels Bett und setzte sich auf einen Stuhl, der neben ihm an der Wand stand. „Ich kann dich allerdings nicht ansehen.", erklärte Michael monoton, „Die Verletzung an meinem Hals schmerzt zu sehr, als dass ich meinen Kopf drehen könnte." „Bist du sicher, dass du mich ansehen würdest, wenn du es könntest?", fragte Karin unsicher. Ein Teil in ihr hoffte, er würde die Frage bejahen, doch der Großteil ihrer Gedanken sprach sich deutlich dagegen aus. Michael schwieg.

„Ich bin hier, um mich zu entschuldigen und um dir alles zu erklären…", begann Karin leise. Ihre Stimme verlor sich in dem nur spärlich eingerichteten Zimmer, dass ihr von allen Seiten her ein helles Weiß entgegenwarf. Vor dem breiten Fenster kam die Sonne langsam hinter einer gräulichen Wolke hervor. Karin kniff reflexartig die Augen zusammen, als das gelbe Licht von den Wänden reflektierte, und sie senkte den Blick auf die Hände in ihrem Schoß.

„Ich weiß, dass es dir wahrscheinlich nichts bedeutet und dass es das, was ich dir angetan habe, in keinster Weise wieder gut macht…", fuhr sie betrübt fort, „Aber es tut mir wirklich… wirklich leid!" Kleine Tränen bildeten sich in Karins Augen, doch sie schluckte sie schwer herunter. „Ich habe noch nie zuvor einen Menschen verletzt und ich wollte es auch nie tun!", erklärte sie ein wenig lauter, „Besonders dich wollte ich nicht verletzten, weil du mir so wichtig…" Sie stockte und lächelte kurz: „Ich weiß nicht, ob ich *bist* oder *warst* sagen soll…"

Karin betrachtete Michael, doch er zeigte keine Reaktion auf ihre Worte. Sie senkte ihren Blick wieder. „Im Nachhinein verstehst du vielleicht, warum ich keine Zeit mit dir allein verbringen wollte.", sagte sie und konnte nicht verhindern, dass eine einzelne Träne auf ihre angespannten Hände fiel. Sie wischte sie eilig weg. „Ich dachte, ich würde dich genug mögen, um das, was passiert ist, zu verhindern. Doch ich lag falsch…"

„Es tut mir leid…", hauchte sie und schwieg. Verzweifelt wischte sie sich das Wasser aus ihren Augen, als Michael nichts erwiderte. „Keine Sorge, ich glaube dir!", ertönte seine Stimme plötzlich. Karin sah zu ihm auf und lächelte kurz. Michaels Gesicht war noch immer ausdruckslos: „Die kurze Zeit, die ich dich kenne, warst du oft wütend oder desinteressiert. Ich sah dich nur selten lächeln. Doch ich hab dich noch nie traurig gesehen… Wenn du mir also sagst, dass es dir leidtut und ich höre, wie sehr du versuchst, dabei nicht zu weinen, muss es die Wahrheit sein."

Karin sah ihn schweigend an. „Darf ich es sehen?", fragte Michael unvermittelt. Sie blickte ihn verwundert an. „Was?", fragte sie schließlich nach, als ihr einfiel, dass Michael ihren Blick nicht sehen konnte. „Deine Trauer.", antwortete Michael kurz. Sie schwiegen einen Moment. Der Stuhl quietschte leise auf dem bloßen, gelben Boden, als Karin schließlich aufstand und mit unsicheren Schritten um Michaels Bett herum ging. Direkt vor seinem Blickfeld blieb sie stehen und sah auf den Boden. Nur zögerlich hob sie ihren Kopf und suchte nach seinen Augen.

Sein Blick traf sie wie ein Pfeil. Seine Augen waren kalt, sein Blick starr. Sofort stiegen in Karin die Bilder von jenem Abend wieder auf. Sie fühlte den Rausch, sie roch sein Blut… Sein erfrorener Blick, als sei er tot… Er war innerlich tot… Karin konnte nicht verhindern, dass die Tränen wieder in ihr aufstiegen. Sie warf den Kopf nach vorne, sodass ihre kurzen Haare ihr Gesicht verdeckten, und versuchte angestrengt, die Emotionen zu unterdrücken. Ihre Hände verkrampften sich in dem weißen Stoff ihrer Patientenkleidung, die ihre Beine locker umspielte. „Weinen bedeutet Verletzlichkeit und wenn du verletzbar wirst, zerstört es dich…", wiederholte sie immer wieder in ihrem Kopf.

„Es ist ok.", riss Michaels Stimme sie aus ihren Gedanken. Karin starrte Michael irritiert an. Seine Mundwinkel hoben sich kaum merklich. „Ich bin mir nicht sicher, ob ich verstehe, warum du dir Emotionen derart verboten hast…", sagte er mit freundlichem Unterton, „Doch im Moment ist es ok. Ich konnte sehen, dass es dir leidtut. Mehr brauchte ich nicht, um dir zu verzeihen."

Karin lächelte erleichtert, doch Michael unterbrach sie sofort: „Das hier ist aber kein Kinofilm!" Sie ließ ihr Lächeln wieder fallen. „Du kannst nicht sagen, dass es dir leidtut und dann fallen wir uns glücklich um den Hals." „Geht im Moment sowieso nicht…", witzelte Karin zurückhaltend und strich sich eine braune Strähne hinter das Ohr. Sofort bereute sie ihre Worte und wischte sich das inzwischen fast getrocknete Wasser von ihrem Gesicht. Michael schmunzelte. Als er die Verbände an Karins Handgelenken sah, stockte er und schloss betroffen die Augen.

„Wieso hast du mir nicht erzählt, dass du ein Werwolf bist?", fragte Michael ernst. Karin drehte sich erschrocken zu dem schlafenden Mann um, doch Michael beruhigte sie sofort: „Keine Sorge. Er liegt im Koma, er kann uns nicht hören." Karin seufzte erleichtert und wandte sich Michael wieder zu. „Also?", drängte er. Karin schwieg einen Moment und sah auf den Boden.

„Ich bin kein Werwolf…", antwortete sie schließlich und hob ihren Blick, „Ich bin ein Lupus! Ich gehöre zu denjenigen der Unnormalen, die sich in einen Wolf verwandeln können..." Michael zog eine Augenbraue nach oben: „*Denjenigen der Unnormalen*...? Es gibt also noch andere *Unnormale*? Was soll *unnormal* überhaupt bedeuten?" Karin kniff verzweifelt die Augen zusammen. „Könntest du aufhören, so oft *unnormal* zu sagen?", fragte sie ihn schmerzlich. „Sorry, aber ich dachte, wenn du es benutzt, wäre es ok...", wunderte Michael sich.

Karin seufzte schwer. „Sie bringen uns dazu, uns selbst so zu nennen.", erklärte sie leise. „Das heißt aber nicht, dass es richtig ist..." „Sie?", Michael verstand immer weniger. „Die Spürer.", erläuterte Karin, „Es ist ein wenig kompliziert..." „Merk ich schon.", entgegnete Michael und lehnte sich gegen die weiße Raufasertapete der Wand hinter ihm.

„Ich kann es dir irgendwann im Detail erklären.", fuhr Karin fort und sah Michael wieder an. „Im Grunde läuft es darauf hinaus, dass es nicht nur welche wie mich gibt, sondern einen ganzen Stapel anderer Leute, die ihr nicht als Menschen bezeichnen würdet. Damit ihr uns aber nicht aus Angst verfolgt und ausrottet, klären die Spürer, die durch ihre angeborene Fähigkeit wissen, wer oder eher was wir sind, uns im Alter von 10 Jahren auf."

„Wieso mit 10?", unterbrach Michael sie. „Weil sich unsere Besonderheit mit Beginn der Pubertät ausbildet.", antwortete Karin sofort. „Ach so...", Michael tat sich sichtlich schwer, Karins Geschichte zu folgen. Er versuchte das Lächeln zu unterdrücken, das in ihm aufkam, als er sich diese Situation vorstellte, *ohne* dass er Karins Verwandlung vorher miterlebt hätte. „Ich hätte ihr kein Wort geglaubt…", dachte er mit einer seltsamen Mischung aus Amüsiertheit und Schuld, „Es hätte ohne Verwandlung also keinen Unterschied gemacht. Und mit Verwandlung… Ich weiß ehrlich nicht, wie ich reagiert hätte…"

„Uns wird eingetrichtert, niemandem von unserem wahren Wesen zu erzählen.", riss Karin Michael aus seinen Gedanken. „Weder unserer Familie, noch unseren Freunden…", Karin wollte Michaels Blick stand halten, doch sie entschied sich im letzten Moment dagegen. „…noch den Personen, die wir lieben…" Karin verstummte und wartete auf eine Antwort. „Was denkt er jetzt von mir?", dachte sie unsicher, „Wie interpretiert er, dass ich ihn dabei nicht angesehen habe…?"

„Deine Eltern und Amelie wussten also auch nichts davon…", murmelte Michael plötzlich. Karin sah ihn an und schüttelte den Kopf. „Und Isabelle auch nicht…", überlegte Michael weiter. „Niemand wusste es!", beharrte Karin. „Glaub mir doch…" Michael fokussierte sie wieder und sah sie irritiert an. „Ich glaube dir doch!", meinte er überrascht und lächelte sanft, „Ich überlege nur gerade, wie schlimm das sein muss, wenn die wichtigsten Personen im eigenen Leben so etwas nicht wissen…"

Karin lächelte erleichtert und wischte eine weitere Träne aus ihrem Gesicht. „Sagen wir, es ist nicht gerade einfach.", lachte sie aufatmend und ging langsam um Michaels Bett herum. Wortlos setzte sie sich an das Fußende neben die Stelle der hellblauen Decke, wo sie seine Beine vermutete, und legte ihre Hand darauf. Michael betrachtete still die reinen Bandagen um ihre Handgelenke.

„Wo stehen wir beide jetzt eigentlich?", fragte sie zaghaft, doch Michael wich ihrem Blick aus und schwieg. Karin seufzte leise. „Ich kann mir gut vorstellen, dass dich der tierische Teil in mir abstößt…", sagte sie ruhig, „Er scheint unberechenbar und boshaft. Doch ein großer Teil von mir ist immer noch menschlich! Und Menschen machen nun einmal Fehler…"

Michael sah sie überrascht an. „Das hat Amelie mir gesagt!", lächelte Karin, durch ihre eigenen Worte aufgemuntert. „Seit sie mich gefunden hat, weiß sie auch von dem Geheimnis, das ich in mir trage." „Gefunden?", fragte Michael erstaunt. „Ja, sie hat mich gefunden.", erklärte Karin, „Nachdem ich…" Sie stockte, als ihr einfiel, dass sie Michael noch gar nichts von ihrem Suizidversuch erzählt hatte. Erschrocken zog sie ihre Hand von seinem Bein zurück und versteckte sie hinter ihrem Rücken.

„Keine Panik.", meinte Michael unbekümmert. Er beugte sich vorsichtig nach vorne und ergriff sanft Karins rechten Arm, um ihn langsam wieder hinter ihrem Rücken hervorzuziehen. „Ich hab es schon gesehen.", sagte er gepresst, als er sich wieder zurücklehnte. Seine Brust schmerzte sichtlich. Locker lagen Karins Fingerspitzen auf seiner breiten Handfläche auf und wurden behutsam von seinen müden Finger umschlossen.

„Es war also wirklich wegen mir?", fragte er schuldbewusst. Karin nickte stumm. Michael seufzte und schwieg einen Moment. „Deine Schwester hat Recht.", sagte er unvermittelt. „Menschen machen Fehler und du bist vielleicht nicht zu hundert Prozent ein Mensch, aber du bist doch menschlich." Karin lächelte leicht. „Jedoch ist der Wolf ein unabdingbarer Teil von dir.", fuhr er ernst fort und Karins Lächeln verschwand wieder. „Ich habe mich in den Menschen verliebt. Und der Wolf hätte mich fast getötet." Er sah Karin tief in die Augen. „Ich weiß ehrlich gesagt nicht, wo wir stehen…"

Karin schluckte hart, um die aufkommenden Tränen in sich verschlossen zu halten. „Ich werd mich vielleicht nie in den Wolf verlieben, der in dir lebt…", ergänzte Michael und lächelte leicht, „Aber wenn ich ihm irgendwann vertrauen kann, ist mir das schon genug…" Karin grinste erleichtert. „Ist das dein Ernst?", fragte sie überwältigt und drückte vorsichtig seine Hand. „Klar, wenn ich's nicht ernst meinen würde, würde ich es nicht sagen, oder?", erwiderte Michael ihr Grinsen. Karin legte ihren Kopf behutsam auf seinen Beinen ab und atmete glücklich durch.

Plötzlich hob sie ihren Kopf wieder: „Wissen die Ärzte eigentlich, dass ich das war?" Michael schüttelte den Kopf und Karin seufzte erleichtert. „Nicht dass du denkst, ich hätte deinetwegen gelogen…", erklärte Michael bestimmt, „Dein Glück ist, dass sie mir wohl nicht geglaubt hätten, wenn ich ihnen die Wahrheit erzählt hätte!" „Und wer...?", begann Karin neugierig. Michael seufzte schwer: „Sie denken, Luna war es..."

„Was?", Karin schrie bestürzt auf und drehte sich zu dem Mann hinter ihr um. Er lag unverändert in seinem Bett. „Ach ja, er liegt ja im Koma.", beruhigte sie sich und wandte sich wieder zu Michael um. „Dann werden sie sie...?" „Sie werden wohl erst mal einen Wesenstest mit ihr machen.", erklärte er bedrückt, „Ich hoffe, sie wird ihn bestehen. Sie ist ja eigentlich nicht bösartig..." Karin legte ihren Kopf wieder auf seine Beine nieder. „Das hoffe ich auch...", flüsterte sie mit starrem Blick.

Kapitel 24

Die Spürer kennen uns seit unserer Geburt. Sie beobachten uns unser ganzes Leben lang, ohne dass wir es wissen. Sie erzählen uns von dem Besonderen, das sich in uns verbirgt, und helfen uns, damit umzugehen. Sie tun eigentlich alles, um uns ein Leben zu ermöglichen, das nicht sehr von denen der normalen Menschen abweicht. Wir sind ihnen dankbar dafür…

Doch ich war mir noch nie sicher, ob wir ihnen wirklich so dankbar sein sollten. Ob sie wirklich alles tun… Ob sie alles richtig machen, so wie sie es tun… Ich weiß nicht, ob sie eigentlich mehr für uns tun könnten. Ich weiß auch nicht, ob sie wirklich glauben, dass die Art, wie sie uns helfen, die beste aller Möglichkeiten ist. Ich weiß eigentlich fast gar nichts über sie. Sie begleiten uns unser gesamtes Leben, sie wissen fast alles über uns, doch ich kenne sie im Grunde überhaupt nicht. Ich kenne bei den meisten noch nicht einmal den Vornamen…

Schon kurz nachdem ich im Krankenhaus aufgewacht war, kam Doktor Schwarz zu mir und erklärte mir, dass ihm mein Umstand leidtäte. Er meinte, ich würde von nun an intensiver betreut werden, indem ich einen von ihnen gestellten Psychologen besuche. Er sagte, er fände es schade, dass seine Hilfe bei mir nicht ausreichend Anklang gefunden habe. Er schob die Schuld indirekt auf mich…

Natürlich wäre unser Leben wohl deutlich schlimmer, wenn wir auf die Hilfe der Spürer verzichten müssten. Wir würden unsere Kräfte nicht kennen und andere Leute verletzten. Wir würden vermutlich verfolgt und getötet werden. Wir hätten praktisch keine Zukunft... Ich danke den Spürern dafür, dass sie mich und alle in meiner Umgebung vor mir beschützt haben. Doch ich kann ihnen nicht verzeihen, was sie uns für Lügen erzählt haben, um uns und sich unsere Besonderheit zu erklären.

Wenn sie zum ersten Mal mit uns reden, benutzen sie Wörter wie *besonders* und *außergewöhnlich*. Sie wollen, dass wir uns glücklich schätzen. Wir sind bis dahin ganz normale Kinder, die nicht erschrocken oder zutiefst traurig sein sollen, wenn sie von ihrem wahren Ich erfahren. So wollen sie vermeiden, dass wir es aus Hilflosigkeit doch jemandem erzählen.

Doch im Verlauf der Gespräche mit ihnen verziehen sich die Worte, die sie gebrauchen, immer mehr ins Negative... Aus *besonders* wird erst *speziell*, dann *anders*, dann *abweichend*. Schließlich sind wir nur noch *unnormal* oder *abnormal*, später *absonderlich*, und endlich nur noch *krank*... Wir sind kranke Kinder, beziehungsweise Menschen, die die Leiden eines Gendefekts ertragen müssen.

Wobei ich mir nicht sicher bin, ob sie es je so formulieren würden. Denn ich habe mit den Jahren immer mehr das Gefühl bekommen, dass die Spürer uns zwar offiziell als Menschen betrachten, weshalb sie vor langer Zeit anfingen, uns zu beschützen. Doch in der Realität bezeichnen sie uns nie wörtlich als solche. Wir sind *Personen* und *Leute*, schon irgendwie menschlich… Doch wir sind nie *Menschen*.

Die Spürer bringen uns bei, unsere Besonderheit als schlimme Krankheit zu empfinden. Sie beschreiben das, was unserem Körper und unserem Geist widerfährt, wie Symptome. Sie lassen uns glauben, Medikamente würden, wenn sie welche hätten, gegen diese Symptome helfen. Sie bewirken schließlich, dass wir unsere *Krankheit* hassen und dass wir uns selbst verfluchen, weil wir sie in uns tragen…

Doch sie scheinen nicht zu begreifen, dass wir wirklich einfach nur *besonders* sind. Von mir aus kann man es auch *abweichend* nennen, doch wir sind nicht *krank*! Eine Krankheit ist etwas, das nicht zu einem gehört. Etwas, das einem schadet, das man loswerden will… Sie lassen uns denken, dass wir es loswerden wollen und somit wird es erst zur Krankheit. Doch die schneeweißen Flügel, die spitzen Reißzähne, die Fischschuppen… Der Drang zu jagen, die Fähigkeit, Unheil oder Glück zu verbreiten, oder einfach nur die Tatsache, dass wir mehr über die Welt wissen, als andere… All das ist ein Teil von uns. Es ist kein Fremdkörper, keine Mutation oder Fehlbildung… Es ist, wer wir sind… Wir müssen nicht damit leben… Wir *dürfen* es…

Die Spürer distanzieren sich von uns, obwohl sie uns angeblich helfen wollen. Sie zählen sich selbst zu den Menschen, obwohl sie genau so von dem Standartbild eines Menschen abweichen wie wir. Sie nutzen ihre Besonderheit, um eben diese verschwinden zu lassen. Denn durch ihre Besonderheit können sie sich selbst vor den restlichen Menschen verstecken und uns, die ebenfalls abweichen, einreden, sie seien nicht wie wir. Sie reden sich ihr Leben lang ein, dass ihre Besonderheit eine *Unbesonderheit* ist.

Sie erzählen uns, dass alles, was sie für und mit uns tun, den Zweck hat, uns vor den anderen Menschen zu beschützen. Doch ich denke, dass sie ebenso sehr die anderen Menschen vor uns, sich selbst vor uns und sich selbst vor den anderen Menschen schützen wollen. Die meisten von uns glauben, es gäbe zwei Seiten, zwei Parteien in dieser Welt: Wir und die anderen. Doch eigentlich sind es drei…

Die Spürer grenzen sich von uns ab. Dadurch schließen sie sich selbst von den offensichtlichen Seiten aus und werden so zu einer eigenen Seite. Eine Seite, die ganz alleine dasteht, auch wenn sie es noch nicht zugibt…

Ich weiß, dass ich ein Lupus bin. Ich weiß, dass der Wolfsanteil meiner Gene ebenso zu mir gehört, wie der menschliche Anteil. Ich bin ein Mensch. Ich bin ein Wolf. Doch die Spürer wissen nicht, wer sie sind. Es wird ihnen ihr ganzes Leben lang nicht klar. Ihre Angst vor der Wahrheit macht sie blind. Ich beneide sie nicht um ihr Schicksal, auch wenn sie dasselbe über mich denken mögen…

Kapitel 25

„Verschwitzt und müde ins Wochenende!", rief Rebekka fröhlich und stopfte ihre Sportklamotten in die kleine, orangene Stofftasche. „Gibt's was Schöneres?" „Ja, wenn das Wochenende keine Hausaufgaben mitbringen würde!", antwortete Sarah von der anderen Seite des dämmerigen Umkleideraums und schwang ihre zwei Taschen über eine Schulter. „Schönes Wochenende dann!", rief sie energiegeladen und winkte mit einer Wasserflasche in der Hand zum Abschied, bevor sie die schwere Metalltür hinter sich zufallen ließ.

„Dass die immer noch so munter nach dem Sport sein kann…", wunderte Rebekka sich und setzte erschöpft ihre Schultasche auf. „Kommst du?", fragte sie Amelie, mit der orangenen Tasche in der Hand vor ihr stehend. Amelie stand still da und blickte gedankenvoll auf ihre Sachen. Rebekka betrachtete sie erstaunt. Sie rührte sich nicht. „Amelie?", sprach Rebekka sie erneut an, doch sie blieb stumm. Rebekka sah sich hilflos um, obwohl keiner außer ihnen da war.

Sie grinste und ging um Amelie herum. Mit einer schnellen Bewegung zog sie das breite Haarband aus ihren blonden Haaren, die daraufhin sanft nach unten fielen und in Amelies Blickfeld eintraten. Sofort merkte sie auf und drehte sich zu Rebekka um. „Was soll das?", fragte sie lachend und nahm ihr das Haarband aus der Hand. Endlich packte sie ihre Klamotten und Schuhe in die dünne Tasche und schloss sie langsam. „Sonst wärst du ja nie aufgewacht.", kicherte Rebekka leise und drehte sich zu dem matten Spiegel hinter sich um. Sie richtete ihre Haare mit den Fingern, bis sie im Spiegelbild erkannte, dass Amelie bereit war, zu gehen.

„Wie schaffen wir es eigentlich, immer die letzten zu sein?", tadelte Rebekka, als sie durch den langen Flur an den anderen Umkleideräumen vorbei zum Ausgang gingen. „Keine Ahnung.", lächelte Amelie leise und verstummte wieder. Rebekka sah sie mitleidig an. „Wie geht es Karin eigentlich?", fragte sie vorsichtig nach. Amelie blickte erfreut auf. „Gut.", entgegnete sie schnell, „Die Therapie scheint zu helfen. Sie ist weniger schlecht gelaunt und abweisend." Rebekka schmunzelte: „Heißt das, sie wird jetzt ein lachender, heiterer Sonnenschein? Kann ich mir gar nicht vorstellen…" Amelie lachte leise. „Sie ist immer noch Karin!", erklärte sie fröhlich. „Sogar noch mehr als zuvor…", ergänzte sie innerlich und lächelte.

Sie traten in die kühle Außenluft des Schulhofes und gingen an den Fahrrädern vorbei zu den Schülerparkplätzen. „Und wie geht es dir dabei?", wollte Rebekka weiter wissen. Amelie merkte auf. „Wie meinst du das?", erwiderte sie verwundert. „Na ja…", begann Rebekka unsicher, „Ich meine, wenn die eigene Schwester sich… du weißt schon… Ist das nicht irgendwie gruselig? Ich meine, hast du nicht Angst, dass du oder deine Eltern…" Amelie verstand plötzlich: „Du meinst, ob wir Schuld sind?" Rebekka errötete leicht. „Ich denke nicht, dass ihr es seid!", korrigierte sie eilig, „Ich dachte nur vielleicht denkt ihr, dass ihr es seid oder so..." Rebekka wurde immer kleinlauter. Vor dem roten Wagen, der sich ganz alleine auf dem geteerten Platz neben dem Schulgelände befand, blieben sie stehen. Amelie lächelte und legte ihre Hand an Rebekkas Schulter. „Danke, dass du dir Sorgen machst.", sagte sie beruhigend und Rebekka sah sie erleichtert an, „Aber ich denke nicht, dass wir Schuld sind." Rebekka seufzte.

Sie holte den schwarzen Autoschlüssel aus ihrer Jackentasche und öffnete den Wagen. „Welchen Grund hatte sie dann?", fragte sie Amelie, die auf der Beifahrerseite die Tür öffnete, um ihre Sachen auf der Rückbank zu verstauen. Rebekka steckte ihren Kopf ebenfalls in den Wagen und warf ihre Taschen nacheinander unsanft auf den Rücksitz; direkt neben Amelies Rucksack. „Wir wissen es nicht.", beantwortete Amelie die Frage neutral und hoffte, Rebekka würde nicht wahrnehmen, dass sie log. „Kann es denn wegen ihrem Freund sein?", hakte Rebekka weiter nach. Amelie schüttelte den Kopf: „Sie haben sich zwar kurz vorher gestritten, aber ich denke nicht, dass das Grund genug war."

Sie setzten sich hinein und schlossen schwungvoll die Türen. „Wer weiß...", schloss Rebekka das Thema ab und ließ den Motor an. Amelie merkte auf. „Verdammt...", flüsterte sie und verkrampfte sich. Rebekka wandte sich ihr zu: „Was ist?" Amelie lächelte sie angespannt an und suchte nach einer Ausrede. „Geht's dir nicht gut?", fragte Rebekka besorgt und drehte den Schlüssel wieder zurück. Der Motor verstummte. „Nein, es geht mir gut.", erklärte Amelie zwanghaft lächelnd, als Rebekka ihre Hände stützend an sie legte. „Mir ist nur eingefallen, dass ich noch was besorgen muss." Rebekka lehnte sich zu ihrem Sitz zurück und sah sie prüfend an.

„Gut, ich fahr dich!", beschloss sie und legte die Hand an den Schlüssel. „Nein, nein, ist schon gut!", hielt Amelie sie ab und löste ihren Sicherheitsgurt. „Ich kann gehen, es ist nicht so weit. Wirklich..." „Aber ich komme doch sowieso an den ganzen Geschäften vorbei!", beharrte Rebekka, „Da kann ich dich auch genauso gut fahren." Amelies Körper versteifte sich erneut unter dem Druck, der sich in ihr aufbaute. „Ich muss aber gar nicht zu einem Geschäft.", erklärte sie weiter. „Ich muss zu einem Freund meiner Eltern und da was abholen. Meine Eltern hatten keine Zeit dazu."

Amelie lächelte freundlich und hoffte, Rebekka endlich zu überzeugen, damit sie dem unfreiwilligen Drang in ihrem Inneren nachgehen konnte. Rebekka seufzte und Amelies Mine hellte sich erleichtert auf. Rebekkas Blick hob sich wieder und sie sah Amelie ernst an. Amelies Lächeln wurde schwächer. „Ich bin normalerweise nicht so aufdringlich, das weißt du.", sagte sie bestimmt, „Aber ich will dich im Moment wirklich nicht alleine lassen." Amelies Augen wurden groß. Rebekka lächelte sie wohlwollend an: „Selbst wenn du sagst, dass es dir gut geht. Ich würde mich schrecklich fühlen, wenn ich dich jetzt einfach alleine irgendwo hingehen lasse. Selbst wenn es nur zu einem Freund deiner Eltern ist…" Amelie konnte sich nicht bewegen. Sie fühlte sich ungewöhnlich schwer; als wäre ihr ganzer Körper von einem schweren Bleimantel umhüllt. Ihr Blick war an Rebekkas Augen gefesselt, während diese eindringlich auf sie einredete. „Ich werde mit dir mitkommen!", schloss Rebekka ihre Rede ab und schwieg.

Einige Sekunden vergingen. „Ok, dann komm mit.", brachte Amelie schließlich leise hervor und starrte Rebekka weiterhin an. Diese zuckte erschrocken zusammen und drehte schnell ihr Gesicht von Amelie weg. Ein kurzer Ruck durchfuhr Amelies Körper und sie fühlte sich wieder leicht und unbeschwert. Langsam nahm sie den Sicherheitsgurt in die Hand, um ihn wieder zu schließen. Rebekka startete wortlos den Motor. „Also ich meine, wenn du mich dabei haben möchtest…", äußerte sie kleinlaut und wagte es nicht, Amelie anzusehen. „Ähm, ja… Ich denke schon…", erwiderte Amelie, noch immer irritiert von dem merkwürdig fesselndem Gefühl, das sie kurz zuvor gelähmt hatte. Wieso hatte sie zugestimmt, dass Rebekka sie begleitete? Erschöpft lehnte Amelie sich in ihrem Sitz zurück und schaute aus dem Fenster.

„Ich glaube, die nächste Straße links müssen wir rein.", leitete Amelie Rebekka unsicher an. „Du glaubst?", wiederholte Rebekka erstaunt und bog nach links ab. „Weißt du nicht, wo er wohnt?" Amelies Gedanken rasten. Sie machte sich Sorgen, dass Rebekka etwas über ihr Geheimnis erfuhr, doch der Druck in ihrem Körper ließ sie nicht klar denken. „Meine Mutter hat mir den Weg zwar erklärt, aber ich bin mir nicht mehr ganz sicher...", log Amelie schon wieder und fühlte sich schrecklich. „Ich will sie nicht anlügen...", dachte sie gequält, „Aber was soll ich machen? Sie hat mich ja überredet, dass sie mitkommen darf..." Ihr Gesicht verzog sich, als sie an diese befremdliche Situation zurückdachte.

„Ok, hier rechts.", dirigierte sie aufmerkend. Der Druck wurde stärker, aber angenehmer. „Wir sind gleich da.", dachte Amelie, „Hoffentlich kriege ich das mit Rebekka unter einen Hut..." „Stopp!", rief sie plötzlich und Rebekka hielt ruckartig an. „Du hättest auch irgendwo parken können.", lächelte Amelie steif. Rebekka grinste: „Fährt ja keiner hinter mir."

Amelie stieg aus und ging vorsichtig auf das rote Backsteinhaus mit dunkelgrauem Dach zu. Eine hohe Hecke versperrte den Blick auf den Vorgarten und die Fenster der Frontwand. „Ich muss ihn wohl suchen..." „Ok, lass uns klingeln!", ertönte Rebekka auf einmal hinter ihr und Amelie fuhr überrascht zusammen. „Was ist?", fragte sie, als Amelie sich verunsichert zu ihr umdrehte. „Du hast mich erschreckt.", erklärte sie leicht zitternd, „Ich wusste nicht, dass du so schnell einen Parkplatz findest." „Tja, Glück muss man haben.", lachte Rebekka, während die beiden den grauen Steinweg bis zur Haustür gingen.

„Weber...", las Amelie leise und hoffte sofort, dass Rebekka es nicht gehört hat. Sie hob ihren Finger langsam zu der weißen Klingel, die sich unter dem Namensschild befand. „Er ist nicht im Haus.", dachte Amelie verzweifelt, „Er ist hier, aber nicht im Haus… Was mach ich nur? Ich kann doch nicht einfach um das Haus schleichen, wenn Rebekka dabei ist… Er wird schwächer…" „Was ist los?", fragte Rebekka, als sie Amelies starren Blick sah. Ihr Finger stand noch immer vor der Klingel still.

„Hast du das auch gehört?", fragte Amelie plötzlich und sah sie aufgeschreckt an. „Nein…", Rebekka runzelte die Stirn. Amelie führte ihren Plan fort und stieg die Treppen vor der Haustür wieder hinunter. „Ich glaube, ich habe etwas im Garten gehört!", rief sie Rebekka zu und winkte sie zu sich nach unten. „Lass uns mal nachsehen." Rebekka sah ihr verwirrt hinterher, als sie aufgeregt um die Häuserecke verschwand. Schließlich seufzte sie und ging mit platschenden Schritten die matten Stufen hinab. „Ich werd sie wohl nie verstehen…", murmelte sie in sich hinein und folgte Amelie in den Garten.

„Ach du Schande!", Rebekkas Augen wurden weit, als sie den verrenkten Körper des etwa vierzigjährigen Mannes auf dem hellgrünen Gras liegen sah. Amelie kniete neben ihm und hatte ihre Hand an seinen Hals gelegt. Sofort lief Rebekka zu ihr und kniete sich ebenfalls hin: „Ist das der Freund deiner Eltern? Lebt er noch? Was ist denn…?" „Ich denke, er ist von der Leiter gefallen!", vermutete Amelie und zeigte auf die lange Metallleiter, die ein Stück von ihnen entfernt auf dem Boden lag. Sie tat sich schwer, genau so schockiert wie Rebekka zu klingen. „Wir müssen

Hilfe holen!" „Vielleicht ist ja noch jemand im Haus!", meinte Rebekka und erhob sich. „Nein, ich glaube, er wohnt allein!", widersprach Amelie und Rebekka setzte sich wieder.

„Ich hasse es so sehr, dass ich dich die ganze Zeit anlüge...", beteuerte Amelie in Gedanken. „Kannst du einen Krankenwagen rufen?", fragte sie mit lauter Stimme, damit Rebekka nicht merkte, wie ruhig sie in Wirklichkeit war. „Mein Handy ist leer, aber du kannst deines aus dem Auto holen!" Amelie zeigte Rebekka ihr Handy, dessen Akku sie in der kurzen Zeit, in der sie im Garten alleine gewesen war, herausgenommen hatte. „Bitte lass sie ihr Handy nicht in der Tasche haben.", flehte Amelie innerlich.

Rebekka nahm das kleine, weißliche Telefon aus ihrer Hand und betrachtete es aufmerksam. Amelie wandte sich dem Mann zu und begann unauffällig, seine Gedanken und Erinnerungen zu lesen. „Sie wird gleich gehen.", hoffte Amelie, während die Bilder in ihrem Kopf wieder auflebten, „Dann kann ich mich in Ruhe um ihn kümmern." „Es funktioniert wieder!", rief Rebekka plötzlich und Amelie zog erschrocken ihre Hand von ihm zurück. „Was?", hauchte sie ungläubig, „War es nicht leer?" „Nein, es war nur ausgeschaltet!", erklärte Rebekka, als sie darauf wartete, dass ihr Anruf entgegengenommen wurde.

„Ja hallo, hier ist Rebekka Lehmann!", meldete sie sich eilig beim Rettungsdienst, „Ein Mann ist von einer Leiter gefallen und bewusstlos. Er blutet nicht, aber er ist halt nicht bei Bewusstsein... Die Adresse?" Sie sah Amelie fragend an, doch diese zuckte nur mit den Schultern. „Die Hausnummer müsste vorne stehen und das Straßenschild ist von der Einfahrt aus links.", flüsterte sie ihr erleichtert zu und dachte, „Endlich kann ich ihm helfen..."

Rebekka stand auf und lief um das Haus herum. Amelie lächelte zufrieden und drehte sich zu dem Mann um. „Ich muss mich beeilen...", dachte sie und legte ihre Hand an seine Stirn. „Manfred Weber, 38 Jahre alt.", begann sie ernst, „Er arbeitet in einem Autohaus. Er wollte die Regenrinne säubern, weil sie mit Blättern verstopft war. Er wohnt hier mit seiner Frau und seiner Tochter. Seine Frau ist im Haus. Er scheint sehr unauffällig gelebt zu haben..."

Amelie stockte plötzlich. Ihre Augen weiteten sich erschrocken, als sie seine Gedanken in ihrem Kopf hörte. „Sie war so süß, wenn sie lachte. Ihr glänzendes Haar, ihre kleine Nase mit den Grübchen. Sie schien so unberührt und rein zu sein. Doch sie wird älter. Sie will sich nicht mehr vor mir umziehen. Sie will im Bad alleine sein. Sie entzieht sich meinen Blicken..." Amelies Augen füllten sich mit Tränen.

„Ob mich wohl keiner vor der Schule bemerkt? Ob sie denken, dass ich einfach auf mein Kind warte? Sie würden es nicht verstehen, wenn ich es ihnen erkläre. Sie sind doch so niedlich in ihren Kleidern und Röckchen. Sie sind immer gut gelaunt. Sie sind unschuldig. Die Welt hat ihnen noch nichts angetan. Ich will ihnen auch nichts antun. Ich will sie nur ansehen. Ich sehe sie an und sehe sie, wie Gott sie schuf. Ihre kleinen Füße, ihre weiche Haut, ihre flache Brust. Ich will ihnen doch nichts Böses…"

Amelie nahm ihre Hand von ihm und starrte ihn schockiert an. „Er ist gefährlich!", schoss es ihr durch den Kopf, „Er ist eine Gefahr für diese Mädchen!" Behutsam strich sie über ihre feuchten Wangen und blickte sich besorgt um. Seine Frau schien noch nichts bemerkt zu haben. Hilflos blickte sie zu ihm herab. „Was soll ich tun?", dachte sie unglücklich, „Ich weiß, wie er ihnen gegenüber fühlt. Ich muss verhindern, dass er jemandem doch noch etwas antut. Ich weiß, er hat das Potential dazu…"

Amelie hob ihre Hand und streckte sie nach seiner Stirn aus. Sie stockte. „Was, wenn ich mich falsch entscheide…?", überlegte sie ängstlich, „Was wenn er niemandem etwas tun würde und ich ihn falsch beurteile?" Ihre Hand zitterte. „Ich würde ihn grundlos töten…" Amelies Hand sank wieder hinab. Sie unterdrückte die aufsteigenden Tränen, als sie Rebekkas Schritte auf dem Rasen hörte. „Der Krankenwagen ist bald da!", rief sie lächelnd und setzte sich neben Amelie auf die Erde. Amelie reagierte nicht. „Was ist?", fragte Rebekka besorgt und legte ihre Arme um sie. „Du zitterst ja!"

Amelie lehnte sich gegen ihre Schulter und schluchzte verzweifelt. Rebekka schloss langsam ihre Arme um sie und schwieg. „Ich will es nicht mehr!", murmelte Amelie weinend in Rebekkas weichen Jackenstoff hinein. Rebekka drückte sie fester an sich und schloss mitleidig die Augen: „Ich bin sicher, es wird alles wieder gut…" Sofort lehnte

Amelie sich von ihr zurück und sah sie sanft lächelnd an. Mit den Ärmeln ihrer Jacke wischte sie sich die Tränen aus dem Gesicht. „Ja, bestimmt, entschuldige…", sagte sie leise. „Und danke…" Rebekka erwiderte ihr Lächeln.

„Hier ist übrigens dein Handy!", sie reichte Amelie das weiße, mit einem feinen Muster verzierte Telefon, dessen Display tief schwarz das gedämmte Sonnenlicht reflektierte. „Es ist aus…", wunderte Amelie sich und betrachtete es irritiert, bevor sie es wieder in ihrer Tasche verstaute. „Ja, es war kurz nach dem Anruf doch leer.", erklärte Rebekka schnell. „Ach so…"

„Manfred…", eine helle Frauenstimme ließ die beiden aufschrecken. Mit blassem Gesicht sah die junge Frau mit dem blonden, hochgebundenen Haar auf den Mann herab und sank weinend zusammen. „Hilfe ist unterwegs.", rief Rebekka ermutigend, doch Amelie zog sie schon am Arm in Richtung Straße. Die Frau erwiderte nichts, als Amelie und Rebekka die Ausfahrt verließen und hastig zu Rebekkas Wagen liefen. „Was ist denn los?", fragte Rebekka außer Atem und nahm auf dem Fahrersitz Platz. „Ich dachte, er wohnt allein!" „Ich muss mich im Haus geirrt haben…", erwiderte Amelie schwer atmend und zwang sich, zu lächeln. „Tut mir leid, war ne Kurzschlussreaktion…" „Schon in Ordnung…", erwiderte Rebekka müde und startete den Motor.

Kapitel 26

„Du bist dir sicher, dass hier niemand vorbeikommt?", fragte Karin zweifelnd und schaute sich unruhig um. Sie rümpfte die Nase. „Ich kann hier nämlich Menschen riechen." Amelie setzte sich fröhlich seufzend in das kniehohe Gras der Wiese und antwortete: „Ich bin mir ziemlich sicher! Phillip hat mir diesen Ort gezeigt und er sagte mir, dass er hier auch öfters herkommt, um sich ausleben zu können. Und die Menschen, die du riechst, waren bestimmt da hinten bei den Kühen." Sie drehte ihren Kopf nach links und betrachtete lächelnd die braun-weißen, breiten Körper, die weit von ihnen entfernt grasten.

„Ich weiß ja nicht...", Karin verzog das Gesicht und setzte sich mit verschränkten Armen zu Amelie auf den Boden. Ihr Blick wanderte durch die dichten Halme um sie herum. „Ich bin mir nicht sicher, ob die Menschen nur dahinten waren..." „Wenn es dich beruhigt, kann ich ja anfangen.", erklärte Amelie unbeschwert und legte ihre Beine zur Seite ab, um aufrecht vor Karin sitzen zu können.

„Also, ich bin ein Engel. Wir heißen eigentlich *Apofasi*..." „Wie bitte?", unterbrach Karin genervt, „Das kann sich doch keiner merken." Amelie lachte leise: „Das brauchst du dir auch nicht zu merken, so nennt uns sowieso keiner."

„Wir haben als physische Besonderheit Flügel und eine sehr gute Ausdauer. Außerdem können wir sehr schnell laufen.", fuhr Amelie fort, „Damit können wir die sterbenden Menschen, von denen wir immer wieder angezogen werden, besser erreichen." Karins Gesicht zeigte nur wage ihr Interesse an Amelies Worten, obgleich sie es sehr begrüßt hatte, als Amelie ebenfalls den Gedanken entwickelt hatte, sich nun, da sie ihr Geheimnis teilten, über ihre Fähigkeiten auszutauschen.

„Und wenn ein Mensch am Sterben ist, merkst du das?", fragte Karin nach und schaute sich wieder um. „Nur wenn ich der nächste Engel bin!", korrigierte Amelie. „Dann zwingt mein Körper mich, zu ihm zu gehen und zu entscheiden, ob er sterben oder weiterleben soll." Amelie schlug ihre Augen betrübt nieder. Karin lockerte ihre Arme endlich und lehnte sich zu Amelie vor: „Muss echt besch…" Amelies Augen schnellten nach oben. „…bescheiden sein, den Job zu machen.", beendete Karin ihren Satz.

Sie lehnte sich wieder zurück. „Kannst du denn nur sterbende Menschen…", begann sie interessiert, doch sie stockte, als ihr die richtigen Worte nicht einfielen. Amelie sah wieder auf und lächelte: „Ich töte sie, das kannst du ruhig sagen. Es gehört dazu und es hilft den Menschen…" Karin schwieg missmutig. „Ich weiß es nicht.", antwortete Amelie dennoch. „Ich habe es selbstverständlich noch nie ausprobiert. Und die Spürer haben nie etwas in der Richtung gesagt." „Ach so…", seufzte Karin leise und schwieg einen Moment.

„Das wär dann meine Geschichte.", meinte Amelie plötzlich und lächelte froh. „Ich kann dir meine Flügel noch zeigen." Ein Lächeln huschte über Karins Gesicht: „Gehen deine Klamotten davon nicht kaputt?" Amelie stand auf und lachte leise. „Hab ich vergessen, zu erzählen... Wir können auch manche Sachen heilen beziehungsweise... reparieren."

Ruckartig breitete Amelie ihre großen Flügel aus und warf einen langen Schatten auf Karin und die Wiese. Sie bewegte sie vorsichtig auf und ab und der seichte Wind wehte Karins braune Strähnen nach hinten. „Sie sind echt hübsch...", äußerte Karin leise und betrachtete, wie das Sonnenlicht hinter Amelie einen hellen Rahmen um die zwei weißen Glieder zeichnete. Amelie lachte sanft und sah auf Karin herab.

Ohne ein Wort zu sagen, schwang sie sich in die lauwarme Herbstluft und blieb senkrecht über der Wiese stehen. Sie blickte glücklich zu den dunklen Bäumen am Rand des Feldes und steuerte geradewegs auf sie zu. Ihre Schuhe berührten leicht die höchsten Punkte der Wipfel, als sie direkt vor dem Wald anhielt. Sie drehte sich um und flog in einer fallenden Kurve wieder zu Karin zurück. Ein paar Meter vor ihr hielt sie an und setzte lautlos auf dem bewachsenen Erdboden auf.

„Cool...", hauchte Karin, die ihren Blick die ganze Zeit über nicht von ihr abgewendet hatte. „Ich nehme dich irgendwann gerne mit, aber im Moment bin ich noch zu unsicher...", erklärte Amelie erfreut. Karin nickte, ohne etwas zu sagen. Amelie setzte sich vorsichtig auf den harten Boden und ihre Flügel legten sich würdevoll um ihre Schultern. „Darf ich?", fragte Karin überwältigt und lehnte sich vor. Amelie nickte stumm. Langsam hob Karin ihre Hand und berührte den weichen Flaum der schneeweißen Federn. Sie lächelte verträumt und glitt ruhig mit den Fingern an ihnen nach unten. Sie bemerkte, dass Amelie ihr Lächeln erwiderte und setzte sich schnell wieder zurück. Ihr Gesicht wurde wieder neutraler.

„So, nun zu dir...", sagte Amelie lieb und verbarg ihre Flügel wieder. Sie legte ihre Hände an ihren Rücken und begann, ihre Kleidung wiederherzustellen. „Wie sind Werwölfe wirklich?" Karin konnte nicht vermeiden, zu grinsen. Sechs Jahre lang hatte sie auf eine Möglichkeit gewartet, mit jemandem über ihr Geheimnis zu reden. Endlich würde jemand von dem Wesen, der Kreatur, dem Tier, das in ihr lebte, erfahren...

„Also wir heißen eigentlich *Lupus* und wir können uns halt in die Gestalt eines Wolfes verwandeln.", begann Karin glücklich. Mit jedem ihrer Worte schien die Last der letzten Jahre kleiner zu werden und der Frust der vergangenen Zeit verschwand für einen Moment. „Am Anfang verwandeln wir uns nur teilweise, bis wir uns einmal ganz verwandelt haben. Nur mit Übung können wir uns danach wieder teilweise verwandeln."

„Damals, als ich dich gesehen hatte... und nur deine Hände verwandelt waren...", überlegte Amelie mitfühlend. Karin sah unbehaglich zu Boden. „Damals hatte sich zum ersten Mal ein Teil von mir verwandelt.", erklärte sie leise und dachte ungewollt an die Zeit zurück. Sie blickte wieder auf und lächelte leicht. „Um genau zu sein, hatten sich meine Hände und meine Ohren verwandelt. Deshalb konnte ich dich so gut hören…"

Amelie zuckte zusammen. „Du hast mich bemerkt?", rief sie erschrocken, „Dann wusstest du ja, dass ich…" Karin schüttelte traurig den Kopf und Amelie beruhigte sich wieder. „Ich habe mir eingeredet, dass ich es mir eingebildet habe.", erwiderte sie, „Ich wollte nicht denken, dass ich schon so früh versagt habe, mein Geheimnis zu schützen. Und da mich nie jemand darauf angesprochen hat, dachte ich immer mehr, dass ich mich geirrt habe…" Amelie schwieg betroffen. „Karin…", dachte sie schuldig und setzte an, etwas zu sagen.

„Aber das ist ja Vergangenheit!", kam Karin ihr zuvor und seufzte schwer, um die negativen Gefühle wieder abzuschütteln. „Jedenfalls…", führte sie ihre Geschichte fort, „Jedenfalls entwickeln wir, wenn wir anfangen, uns zu verwandeln, einen unglaublichen Jagdtrieb. Wir merken bei jedem Lebewesen, wie das Blut in ihm fließt, und werden davon angezogen. Deshalb ist es für uns besonders schwer, Menschen an uns heran zu lassen. Wir wollen an ihr Blut heran und das würde sie zwangsläufig, na ja… töten."

Karins Abgeklärtheit ließ ihr Gesicht unpassend freundlich erscheinen, während sie erzählte. „Deshalb isoliert ihr euch so, verstehe.", vollzog Amelie ihre Worte nach und versuchte, eine ebenso entspannte Mimik aufrechtzuerhalten, wie Karin sie hatte. Das unsichtbare Lächeln auf Karins Lippen beunruhigte sie. „Ja, genau. Wir werden zu typischen Einzelgängern!", bestätigte Karin sofort. „Eine Freundin, keine Jungs und die Familie wird als nervend abgelehnt." Amelie schluckte leise. „Wieso klingen ihre Worte so vorwurfsvoll... wenn ihre Stimme sich anhört, als sei alles in Ordnung?", dachte sie verunsichert und betrachtete Karin aufmerksam. „Ihre Haltung scheint so negativ wie zuvor... Doch warum lächelt sie dabei?"

„Ich bin es gewöhnt!", sagte Karin unvermittelt, als hätte sie Amelies Gedanken mitgehört. Amelie sah sie erschrocken an. Karin grinste. „Ich konnte mir denken, was in deinem Kopf vorgeht.", erklärte sie locker, „Wie kann sie über solch ein Thema so unbeschwert reden?" Amelies Blick wurde schuldig. „Es ist ok.", ergänzte Karin kopfschüttelnd und schaute sie ermutigend an. „Ich habe diesen Teil von mir akzeptiert. Ist ja nicht so, dass ich eine andere Wahl gehabt hätte. Es gehört nun einmal zu mir, dass ich diesen Drang verspüre. Aber wichtig ist doch, dass ich ihn nicht auslebe..." Amelie lächelte, doch ein kleiner Zweifel blieb in ihren Gedanken hängen.

„Ich kann mich jetzt nicht ganz verwandeln, weil ich meine Klamotten danach nicht einfach wieder herstellen kann.", erläuterte Karin mit ruhiger Stimme, „Aber ich kann dir meinen Kopf zeigen." Karin grinste unabsichtlich: „Wenn du keine Angst hast..." Amelies Blick glitt zur Seite und wieder zu Karin zurück. Sie nickte. Noch immer grinsend schloss Karin die Augen und konzentrierte sich. Schon in der nächsten Sekunde wuchsen die dunkelbraunen Haare aus allen Poren ihres Gesichtes und ihr Kopf wurde nach vorne gestreckt.

Karin öffnete ihre Augen wieder und ihre schmalen Pupillen zogen sich ruckartig zusammen. Amelie zuckte erschrocken. Sie versuchte sich einzureden, dass es noch immer Karin war, die vor ihr saß, doch die Angst übertönte alle Gedanken in ihrem Kopf. Karin knurrte leise. Ihre dünnen, schwarzen Lippen vibrierten und kleinste Speicheltropfen traten zwischen ihnen hervor. „Karin…", hauchte Amelie und wollte sich zu ihr lehnen, doch ihr Körper rührte sich nicht. Karins Kopf schoss zu Seite und hielt inne. Sie stand mit angespannten Beinen auf. Amelie betrachtete sie irritiert und das Zittern ihres Körpers nahm ab.

Sofort bildete Karin ihren Wolfskopf zurück und schrie: „Wer ist da?" Amelie folgte stumm ihrem Blick und sah, wie der Wind gleichmäßig über das hohe Gras strich. „Was ist…?", hauchte sie, aber Karin beachtete sie nicht. „Komm raus oder ich komm zu dir rüber!", schrie sie in die Leere der Wiese. Das Gras in ihrer Blickrichtung raschelte leise und eine breit gebaute Gestalt stieg langsam aus ihm hervor. Amelie erschrak und erhob sich schnell. „Wer sind Sie?", fragte sie zurückhaltend und trat an Karins Seite.

Der etwa fünfzigjährige Mann starrte sie verwundert an und rieb sich die Augen. „Ich wusste ja gar nicht, dass hier noch jemand ist.", lachte er und kam zu den beiden herüber, „Ich bin wohl eingeschlafen und hab euch gar nicht bemerkt. Und ihr seid einfach an mir vorbei gelaufen, ohne mich zu sehen, so was…" Amelies Gesicht lockerte sich und sie lächelte freundlich: „Tut mir leid, dass meine Schwester Sie so angeschrien hat. Sie haben uns überrascht." Karin schnaubte leise und verschränkte die Arme.

Der Mann in der grau-grünen Stoffjacke betrachtete Karin nur kurz, bevor er sich Amelie wieder zuwandte. „So, so, Schwestern seid ihr auch noch…", lachte der Mann und fuhr mir seiner Hand durch sein lichtes, braunes Haar. „Auch…", hallte es in Karins Kopf wider. Sie bleckte die Zähne und stieß Amelie nach hinten. Diese konnte nur schwer verhindern, zu fallen.

„Ich hab mich nicht verhört, sie haben Fotos gemacht!", rief Karin wütend und trat schnell ein paar Schritte von dem Mann zurück. Er sah sie verwirrt an: „Fotos? Wovon?" „Was ist denn Karin?", fragte Amelie verwirrt, als Karin neben ihr stand. „Ich habe das Fotogeräusch eines Handys gehört, als mein Kopf verwandelt war.", erklärte Karin ihr schnell, „Ich dachte erst, ich hätte mich getäuscht, aber er hat alles mit angehört!" Sie drehte sich wieder zu dem Mann um: „Sie sagten, wir seien *auch* Schwestern, das heißt Sie wissen, was wir noch sind, nicht wahr?"

Amelie ergriff angstvoll Karins Arm. Der Mann behielt sein Lächeln bei und erwiderte gelassen: „Es war wohl mein Schicksal, heute und hier auf euch zu treffen, meint ihr nicht?" Karin knurrte leise. „Ich darf der Welt von den Monstern, die unter uns Leben, erzählen, ist das nicht toll? Ich habe mein Leben lang auf meinen Teil des Ruhms gewartet und endlich…" „Vergessen Sie's!", unterbrach Karin ihn und grinste, „Die Leute werden sowieso denken, dass die Fotos gefakt sind!"

„Da magst du sogar Recht haben, kleine Wölfin…", bestätigte der Mann sachlich und ging langsam ein paar Schritte auf sie zu. Karins Körper verkrampfte sich. Mit einer schnellen Bewegung ergriff der Mann Amelies Arm und riss sie zu sich herum. Bevor sie sich wehren konnte, spürte sie, wie er seinen Arm fest um ihren Hals drückte. „Aber wenn ich einen Engel als Beweis mitbringe, sieht's anders aus, oder?", lachte er heiter und machte einen Schritt rückwärts. Karin ging auf ihn zu, doch er stoppte sie sogleich: „Wenn du mir zu nahe kommst, tu ich deiner Schwester weh, willst du das?" Karins Blick wurde wütend, doch sie bewegte sich nicht. „Braves Hündchen.", witzelte der Mann und ging weiter rückwärts.

Auf einmal breitete Amelie ihre Flügel aus und der Mann fiel schwer auf den Boden hinter ihr. Sofort rannte Amelie zu Karin hinüber und wischte sich die feinen Tränen aus den Augenwinkeln. „Halt dich an mir fest, wir fliegen weg!", rief sie aufgeregt und ergriff Karins Arme. „Aber du sagtest, du bist dir zu unsicher! Was, wenn du mich fallen lässt?", entgegnete Karin zweifelnd. „Nur bis wir aus seiner Sichtweite sind, danach setze ich dich wieder ab…", versuchte Amelie, sie zu überzeugen.

Karin blickte erschrocken über Amelies Schulter und sprang an ihr vorbei. Amelie drehte sich hilflos um und sah, wie Karin steif auf dem Mann hockte, der sich nicht mehr bewegte. Von ihren Krallen tropfte das rote Blut. „Karin!", schrie Amelie auf und Karin erhob sich langsam von seinem Körper. Sie drehte sich um und sah Amelie wütend an. „Ich hab ihn nur davon abgehalten, dich anzugreifen.", stellte sie klar und bildete wieder menschliche Hände aus.

Amelie ging auf den Mann zu und schob Karin unsanft zur Seite. Sie hockte sich nieder. „Was ist mit ihm?", presste Karin, ihre Schuld unterdrückend, hervor. Sie verschränkte die Arme vor der Brust. „Ich weiß nicht.", hauchte Amelie und versuchte, gefasst zu bleiben. „Er scheint bewusstlos zu sein..." Sie schwiegen. Amelie untersuchte den Körper des Mannes. Die Kratzer auf seiner Brust schienen nicht tief zu sein, doch sie bluteten stark. Sie konnte keine weiteren Verletzungen finden. „Ich denke, sein Kopf ist hart auf dem Boden aufgeschlagen. Ansonsten ist er ok."

„Das ist nicht gut...", meinte Karin nervös und biss sich auf ihre Unterlippe. Amelie drehte sich, noch immer hockend, zu ihr um. „Kannst du nicht versuchen, ihn trotzdem...", brachte Karin angespannt hervor und sah sie flehend an. Amelie erhob sich galant. Die langen Haare an ihrem Rücken schlugen Wellen. „Selbst wenn ich es wollte, wüsste ich nicht einmal, ob ich es könnte...", erwiderte sie empört und verzweifelt zugleich. Karin blickte ihr hilflos in die Augen.

Ohne ein weiteres Wort drehte Amelie sich wieder um und kniete sich vor den wie leblos daliegenden Körper des Mannes. Sie hob ihre Hand und legte sie an seine Stirn. Karin betrachtete verkrampft, wie Amelie die Augen schloss, um sich zu konzentrieren. Sie bewegte sich nicht.

Schon nach ein paar Sekunden öffnete Amelie ihre Augen wieder und senkte den Kopf. „Ich kann seine Gedanken nicht lesen, er lässt sie nicht los…", erklärte sie schnell und scheute Karins Blick, der ununterbrochen auf ihr lastete. „Karin, ich kann doch nicht…", setzte Amelie an, doch Karin unterbrach sie abrupt. „Amelie, er wird uns verraten!", machte sie nachdrücklich klar und kniete sich neben Amelie in das hohe Gras, das im rauen Wind hin und her schlug. „Du musst uns vor ihm beschützen, er wird unsere Leben zerstören!" „Ich kann kein Urteil über ihn fällen…", flüsterte Amelie abwesend. Ihre Hand lag noch immer an der Stirn des Mannes.

„Er hat Beweise für unsere Existenz!", fuhr Karin aufgeregt fort. Amelie begann, leise zu schluchzen. „Er wird damit in die Öffentlichkeit gehen. Er wird den Ärzten sofort erzählen, wer ihn angegriffen hat." Amelie fiel langsam in sich zusammen. Ihre Tränen folgten dem kurzen Weg an ihrer Nase entlang und fielen schwerelos auf den dunkelroten Oberkörper des Mannes, wo sie schließlich in winzig kleine Tropfen zersprangen.

„Du musst ihn daran hindern, Amelie!", redete Karin weiter auf sie ein, „Er darf uns unsere Leben nicht wegnehmen." Amelie erstarrte und gab keinen Ton mehr von sich. „Du musst ihn aufhalten, bitte Amelie, du hast die Macht dazu, du musst ihn…" „Das ist nicht deine Entscheidung!", fuhr Amelie sie plötzlich an und drehte ihren Kopf zu ihr um. Karin verstummte. Ihre Blicke wanderten stockend zu dem Gesicht des Mannes, das auf einmal eine unbeschreibliche Friedlichkeit ausstrahlte. Erschrocken zog Amelie ihre Hand zurück und presste sie an ihre Brust. Voller Furcht starrte sie ihn an.

„Amelie…", sprach Karin sie vorsichtig an und legte ihre Hand an Amelies Schulter. Diese zuckte zusammen und entzog ihren Körper der schwesterlichen Berührung. Karin ließ ihre Hand wieder sinken und sagte ruhig: „Er hätte nicht nur unsere Leben zerstört, sondern auch die von allen anderen…" Amelie sah sie blass an. Karin versuchte sich ein Lächeln abzuringen, doch sie versagte: „Die Leben von allen, die anders sind und auch von denen, die nicht anders sind…" Sie verstummte. Anmutig ließ Amelie sich fallen und versank langsam in Karins umhüllenden Armen. „Selbst diejenigen, die über Leben und Tod entscheiden, können nur über die Zukunft der Menschen bestimmen.", dachte Karin ernst. „Die Vergangenheit ist unantastbar… Sie müssen… genau so wie alle anderen… *normalen* Menschen auch… mit dem, was sie getan haben, weiterleben. Ob sie es nun wollen… oder nicht…"

Kapitel 27

Eine Welt, in der alle Menschen, egal ob sie besondere Fähigkeiten besitzen oder nicht, miteinander leben können, ohne ein Geheimnis aus ihrem wahren Ich zu machen… Eine Welt, in der wir uns und unsere angeborene Natur nicht zu verstecken brauchen… in der wir einfach unser Leben leben können…

Das scheint der Traum derjenigen zu sein, die diese besonderen Fähigkeiten in sich tragen… Doch wir haben diesen Traum nicht, weil wir wirklich auf eine solche Welt hoffen. Wir haben ihn, weil wir von unserem bisherigen Leben frustriert sind… Ich wünschte, ich könnte zu jeder Zeit meine Flügel ausbreiten, sie offen in der Welt tragen, wie meine Haare oder mein Gesicht, und nach belieben damit durch den Himmel gleiten; insofern ich damit niemand anderen behindere.

Doch wenn ich weiter über diesen Wunsch nachdenke, wenn ich über mich und meine momentane Lebenssituation hinaus denke… Dann erkenne ich den schweren Schatten, der sich drohend hinter diesem Wunsch erhebt. Der schwarze Schatten, der schon in der Historie deutlich gezeigt hat, dass ein offenes Zusammenleben unmöglich ist. Er trieb uns in die derzeitige Situation und ihm haben wir es zu verdanken, dass wir überhaupt eine Möglichkeit auf ein ordinäres Leben haben. Er hängt unweigerlich mit unseren speziellen Fähigkeiten zusammen und lässt sich auch niemals von ihnen trennen.

Dieser Schatten ist ein Gefühl… Ein Gefühl, das Ablehnung hervorruft, denn die anderen Menschen lehnen stets das ab, dem sie unterlegen sind. Ein Gefühl, das Wut erzeugt, denn die Urtriebe der anderen Menschen lassen sie gegen die Überlegenheit kämpfen, obwohl sie wissen, dass es aussichtslos ist. Ein Gefühl, das Trauer und Leid zur Folge hat, denn als ständiger Begleiter zerstört es nach und nach ein jedes Leben. Dieses Gefühl ist Angst…

Denke ich jetzt darüber nach, in einer Welt zu leben, in der ich mich meinen Eltern und meinen Freunden offenbaren dürfte, gibt es zweifelsohne nichts, das ich mir sehnlicher wünsche. Doch wie würde ich darüber denken, wenn ich es nicht schon mein gesamtes Leben lang allen anderen verschwiegen hätte? Ich wäre weniger unter dem Druck der Verschwiegenheit… Ich hätte wahrscheinlich nicht den Drang, es jemandem oder am besten allen erzählen zu können. Ich sehne mich immerzu nur danach, mich jemandem anzuvertrauen, und zu welchem Preis?

Wie würden die anderen Menschen sich wohl fühlen, wenn sie wüssten, dass sie mit Personen zusammen leben, neben ihn wohnen, mit ihnen zur Schule gehen und arbeiten, sogar dass ihre besten Freunde Menschen sind, die sie mit einer einfachen Berührung ungewollt töten könnten. Sie trachten nach ihrem Leben, nach ihrem Blut… Die anderen Menschen sind einer ständigen Gefahr ausgesetzt und der Umstand, dass sie sich dessen nicht bewusst sind, scheint die einzige Möglichkeit für uns, unter ihnen zu leben.

Sie scheuen unsere Kräfte. Wir sind machtvoller als sie. Wir tragen Wesenszüge in uns, die ihnen durch ihre bloße Anwesenheit Angst bereiten. Was tun die Menschen also? Sie jagen uns. Sie töten uns. Sie sind in der Überzahl und das würden sie schnell erkennen... Die Geschichte zeigt es eindeutig: Hexenverbrennungen... Seeleute, die Fallen für Meerjungfrauen aufstellen, um sie in der aufsteigenden Sonne zu töten... Aufgebrachte Mobs mit Fackeln und Mistgabeln... um nur die allgemein bekannten Szenarien zu nennen.

Ich bezweifle, dass der Mensch seitdem gereift ist. Seine Technik und sein Lebensstandart verbessern sich immer mehr. Die Medizin und die Erklärung aller Weltphänomene, alles ist ein fortlaufender progressiver Prozess, der sich durch nichts und niemanden anhalten oder verlangsamen lässt. Doch der technisierte, langlebige, luxuriöse Mensch von heute, ist im Grunde derselbe triebgesteuerte, rohe Mensch wie früher. Alles, was er tut, tut er, um überleben zu können. Alles, was den Menschen bedroht, muss weichen. Selbst wenn es ein anderer Mensch ist...

Wir sind Menschen... Doch die Furcht, die sie beherrscht, verschweigt ihnen diese Tatsache und macht es uns unmöglich, mit ihnen zu existieren. Aber wir existieren dennoch... Wir wollen trotzdem existieren... Es ist unser natürliches Recht, nicht wahr? Wir existieren... Wir leben mit ihnen hier auf der Erde. In ihrer Mitte und doch verborgen. Unerkannt… Für immer…

Kapitel 28

Die Nacht war still und ruhig. Der sehr späte Himmel lag schwer über der Welt und beleuchtete sie aus seinem matten Dunkelblau heraus mit spärlichem Silberlicht. Karins und Isabelles Schritte hallten gleichmäßig von den knorrigen Bäumen am Rande des Weges, den sie gingen, wider. Der grobe Sand knirschte unter ihren Schuhen.

„Ich find's echt schön, dass du heute einen Abend mit mir verbringst!", rief Isabelle fröhlich in die kühle Nachtluft und berührte Karin nur flüchtig am Arm. Sie streifte den lila Stoffrucksack, den Karin auf dem Rücken trug, und ihr Fingernagel kratzte geräuschvoll über die breite, schwarze Außennaht hinweg. Karin lächelte kurz und erwiderte schnell: „Kein Problem. Wir haben uns in letzter Zeit ja kaum gesehen…" „Außerdem ist es eine gute Übung für mich…", ergänzte sie innerlich ernst.

Isabelles Silhouette nickte. „Weißt du schon, wann du wieder zur Schule kommen kannst?", fragte sie leidig und sah Karin von der Seite an. „Die Schule ist ohne dich noch langweiliger als zuvor!" Karin musste grinsen. „Ich weiß es nicht…", antwortete sie, ohne den im schummrigen Licht der wenigen Laternen beschienenen Weg aus den Augen zu lassen. Isabelle seufzte leise und schwieg.

„Wie lange muss ich jetzt eigentlich daneben sitzen, wenn du Klavierunterricht hast?", griff Karin das Gespräch wieder auf und verschränkte genervt die Arme. Isabelle grinste. Ihr weißes Gebiss leuchtete vor dem blau-schwarzen Hintergrund der Finsternis, die sie umgab. „Ach, eigentlich geht es immer ganz schnell vorbei.", entgegnete sie gefasst, „Mir persönlich vergeht die Zeit immer viel zu schnell." Karin schnaubte leise: „Sehr konkret, danke."

„Ach komm schon, Karin.", Isabelle griff mit beiden Händen vorsichtig nach ihrem Arm und lächelte bettelnd, „Du bist meine beste Freundin. Ich komm sonst nicht so oft unter Leute. Ich hab keine Geschwister, keine Partyclique, keinen Freund…" Karin zog ihren Arm aus der Umklammerung. In der Ferne rief ein kleiner Kauz mit dumpfer Stimme in den Park hinein. Isabelles Schritte wurden ein wenig langsamer und Karin passte sich ihr automatisch an. „Eine Schwester zu haben, ist nicht immer toll.", widersprach Karin leise und ließ die Arme wieder sinken. „Und einen Freund habe ich ja auch nicht mehr!" „Ach ja…", seufzte Isabelle schuldbewusst.

„Wie läuft es denn mit ihm inzwischen?", fragte sie behutsam, „Wird's langsam wieder besser?" Karin setzte an, die Arme zu verschränken, doch sie entschied sich dagegen. Stattdessen vergrub sie sie tief in ihren Jackentaschen. „Es ist schwer…", erklärte sie, ihre Gefühle zurückhaltend, „Die Situation ist nicht so einfach und ich weiß nicht, wie ich damit umgehen soll. Ich weiß nicht… was ich tun kann, um unser Verhältnis zu verbessern. Und ihm geht's wohl genauso." „Aber ihr trefft euch noch manchmal?", hakte Isabelle nach. Karin schüttelte den Kopf, doch ihre

Bewegung wurde von der Dunkelheit verschluckt. „Wir schreiben erst mal nur und irgendwann können wir uns wohl auch wieder treffen." Sie seufzte kaum hörbar. „Bestimmt…", lächelte Isabelle und warf ihr langes Haar über die Schulter zurück.

Schweigen kehrte ein. Der runde Mond trat ruhevoll hinter einer Wolke hervor und erleuchtete den Park und den geschlängelten Weg, den Isabelle und Karin stetig langsamer zu gehen schienen. Der Kauz schrie noch immer aus einem der Bäume um sie herum. Im Busch neben Karins Fuß raschelte es und sie erschrak. Ihr Bein konnte den Schritt nur stockend fortsetzen und ein leichter Schauer lief ihren Rücken hinunter. „Alles ok?", brach Isabelle die Ruhe und blickte sie an. Karin starrte fasziniert in ihre tiefschwarzen Augen. Das Weiß ihrer Augäpfel warf das helle Licht des Mondes eindrucksvoll zurück. „Ja, alles gut.", antwortete sie leicht zittrig und räusperte sich lautlos. Sie verschränkte die Arme wieder vor der Brust.

„Aber warum musst du eigentlich immer durch diesen Park zur Musikschule gehen?", fuhr sie gefasster fort. „Du weißt doch, dass hier dieser Hund oder was auch immer rumläuft, der immer Tiere reißt. Was, wenn der uns auch angreift?" Isabelle grinste unvermittelt. „Hast du etwa Angst?", unterstellte sie Karin stichelnd und ging noch ein Stück langsamer. Karin behielt ihre Geschwindigkeit diesmal bei. „Ich will ja auch mal irgendwann ankommen.", dachte sie genervt, aber auch angespannt.

„Ich mach mir nur Sorgen, dass der Hund dich anfällt und du dann wieder rumheulst.", gab sie grinsend zurück und sah, wie Isabelle aus ihrem Augenwinkel verschwand und in der Schattenwelt, die sie umhüllte, eintrat. „Das könnte ich nicht aushalten.", ergänzte sie etwas unsicher. Ihre Augen schwenkten von links nach rechts, ohne dass sich ihr Kopf bewegte. Sie erkannte nur die Umrisse der stämmigen Bäume und der kleinen, zerfransten Büsche, die die Lücken zwischen ihnen mehr oder weniger gleichmäßig ausfüllten.

„Isi?", fragte sie in die merkwürdige Stille hinter ihr. Isabelle schwieg. Plötzlich fiel Karin auf, dass sie nur noch ihre eigenen Schritte hörte. Die warme Luft legte sich auf ihren Nacken und benetzte ihn kaum fühlbar mit einer dünnen, feuchten Schicht. Karin schluckte und ballte die Fäuste. Der Kauz verstummte.

Karin wirbelte herum und sprang auf die schlanke Gestalt hinter sich. Hart schlug der Körper auf dem sandigen Boden auf, nachdem er dem Druck von Karins Pfoten auf seinem Brustkorb nachgegeben hatte. Isabelle fauchte leise, während sie sich aufgebracht unter Karins massigem Wolfskörper wand und versuchte, sich zu befreien. Ihre Hände zerrten an Karins braunem, strähnigem Fell, das locker ihre muskulösen Vorderbeine umspielte. Isabelle zog die Lippen zurück und legte ihr weißes Gebiss frei, das im fahlen Mondlicht zu glänzen schien. Ihre langen Eckzähne standen ungewöhnlich spitz aus ihrem Mund hervor und schienen immer wieder nach Karin zu haschen.

Karin knurrte sie böse an und drückte ihr Gewicht noch mehr auf Isabelles Oberkörper. Speichelfäden tropften aus ihrem Maul auf Isabelles dunkelrote Jacke, die trotz eingefahrener Krallen sichtbare Spuren der Situation davontrug. „Ok, ok, ist ja schon gut!", keifte Isabelle und ließ ihre Arme neben sich auf den Boden sinken. Karin senkte schnell ihren Kopf und blieb nur wenige Zentimeter vor Isabelles Gesicht stehen. Diese zuckte erschrocken zusammen und schloss die Augen. Ihre Eckzähne nahmen wieder ihre übliche Länge und Form an. Karin schnaubte kraftvoll und leckte mit der dünnen Zunge über ihre triefenden Lefzen.

Endlich drehte sie den Kopf zur Seite und trat von Isabelles Körper herunter. Ihr prachtvoller Schwanz schlug hin und her, als sie mit dem lila Rucksack, der die ganze Zeit auf ihrem Rücken geblieben war, hinter einen Baum lief, um sich dort sitzend zurückzuverwandeln. „Zum Glück habe ich seit der Sache mit Michael immer ein paar Klamotten dabei…", dachte sie, während sie eilig in dem Rucksack kramte und die Kleidung Stück für Stück auf das dunkle Gras neben sich legte.

Schon kurze Zeit später betrat sie wieder den düsteren Weg und sah Isabelle unter einer der wenigen Laternen warten. Ohne zu zögern, schwang Karin ihren Rucksack auf den Rücken und ging mit festen Schritten auf Isabelle zu. Sie blieb direkt vor ihr stehen. Beide sahen sich ernst in die Augen. Sie bewegten sich nicht. „Du weißt, das erklärt einiges über dich.", sagte Isabelle ausdruckslos. „Dito.", entgegnete Karin monoton. Sie schwiegen erneut.

Ein Grinsen breitete sich auf Karins Gesicht aus, das Isabelle sofort erwiderte. Ohne ein Wort zu sagen, drehten sie sich zur Seite und gingen den Weg weiter in Richtung Musikschule. „Ich wollte dich nicht töten.", meinte Isabelle unvermittelt. Beide sahen entspannt auf den steinigen Pfad vor sich. „Nicht?", fragte Karin mäßig verwundert. Isabelle schüttelte locker den Kopf: „Du bist meine beste Freundin, ich würde dir nie etwas antun… Denke ich…" Karin lachte leise.

„Du schuldest mir ein paar Klamotten!", stellte sie fest und sah sie leicht lächelnd an. Isabelle reagierte nicht. Der grobkörnige Sand knirschte leise unter ihren Schuhen. Schließlich schloss sie langsam die Augen und drehte ihren Kopf zu Karin um. Sie öffnete die Augen wieder und sah Karin intensiv in die dunkelbraunen Augen. Karin hielt ihrem Blick stand. Isabelle lächelte und lockerte ihren Blick: „Ich find's echt schön, dass du heute einen Abend mit mir verbringst…" Karin grinste und strich sich eine dünne, braune Strähne hinter ihr Ohr. „Kein Problem.", entgegnete sie, „Wir haben uns in letzter Zeit wirklich kaum gesehen…"